双葉文庫

本日もセンチメンタル

赤川次郎

目次

1　甘いプロローグ

「た、隆志！　隆志君！」

突然、どこからか自分の名を呼ぶ声が飛んで来て、本間隆志は、キョロキョロと辺りを見回した。

しかし——それらしい女の子はいない。確かに女の子の声だったのだが。

隆志は、ショッピングアーケードの入口の所で、彼女の来るのを待っているところだった。やっと涼しくなって来た夕方で、まだ夏の名残りの太陽が、ビルの谷間に未練がましく顔を覗かせている。

「隆志君！」

また聞こえた。これはどう考えても空耳《そらみみ》じゃない。

隆志は、地下鉄の出口から、このアーケードへ向って駆けて来る、水嶋添子《みずしまそえこ》に気が付いた。あの子が叫んだのか？　それにしては、えらく遠い所から……。

添子は体も大きいし、声も大きいから、不思議はないにしても、すれ違う人がみんな振り返っているのは当然だろう。

ダダダ……。地響きのような足音をたてて、添子が駆けて来ると、

「隆志君！　——大変なのよ！」

ハアハア喘ぎながら、隆志にすがりつく。細くてヒョロリとして、少々安定の悪い隆志は危うく引っくり返りそうになって、何とか踏《ふ》み止《とど》まった。

「ど、どうしたんだよ？　大丈夫か？」

「うん——大変なの——ああ、暑い！」

どっと汗が噴き出て来る。

「何が大変なんだよ？　詩織は？」

しおり、といっても、本に挟むあれではない。成屋詩織《なるやしおり》。今、隆志が待ってる、当の彼女である。

「そ、その詩織が——大変なの！」

「どうしたんだよ？　まさか事故にでも遭ったんじゃ——」

「あのね、途中の地下街で——ともかく一緒に来てちょうだい！」

グイと引っ張られて、隆志はまた引っくり返りそうになった。

申し遅れたが、まだ登場していない成屋詩織と、この水嶋添子は十七歳。隆志は一つ上の十八歳。が、どう見ても、隆志の方が「引っ張られ型」のようである……。

「諦めて、出て来い！」

と、警官が怒鳴っている。「おい！　聞いてるのか！」

凄い人だかりだった。

日曜日の夕方の地下街。ただでさえ、人通りの多い時間である。

そこで、日本刀を持った男が甘味喫茶に押し入り、金をとろうとして騒がれたので、客の一人を人質に取って、たてこもってしまったのだ。人だかりが凄いのも当り前である。

「——じゃ、中に詩織が？」

やっと、人垣をかき分けて前に出た隆志は添子に言った。「あいつ！　——こんな店で何やってたんだよ？」

「だって、二人で二時間も買物に歩き回っててさ、喉乾いたから……。詩織が、『隆志君なら一時間や二時間待たせたっていいわよ』って言うから」

「あいつ、そんなこと言ったのか？」

隆志はムッとした。しかし、今はそんなことで腹を立てている場合ではない。

「でも、変な強盗だなあ。何でこんな、大して金のなさそうな店に押し入ったんだ？」

「私、知らないわよ、そんなこと。レジの女の子がキャーキャー叫んで、店の中がワーッとなって……。気が付いたら、日本刀がキラッと光って詩織の喉に——」

「しょうがねえな、全く！」

二人でブツブツやっているのを聞きとがめた警官が、

「何だ、君たちは！　退《さ》がっていなさい」

とにらんだ。

「でも、中にいる人質の子、友だちなんですよ」

と隆志が言った。

「そうか。ともかく、そこに立つな！　わきへ来い！　こっちのわきへ」

「何か危険なんですか？」

「いや、ニュースのＴＶカメラが遮られる」

その警官、いかにも緊迫したポーズを作って見せている。隆志は何だか調子が狂ってしまった。

「犯人は――」

「いざとなったら突入する。見ていろ」

「でも、人質の安全第一でしょ？」

「そりゃそうだが、人間、諦めが肝心だ」

冗談じゃないよ！

が、そうする内に、応援の警官がゾロゾロ集まって来て何だか店の前は警官の集会場所みたいになってしまった。

「――よし、もう一度呼びかけるぞ」

と、指揮を取っているらしい、年輩の警官が言った。「それで返事がなかったら、まず催涙弾を打ち込んでから、突入する」

添子が、隆志の腕をつかんで、

「ど、どうしよう！」

「おい、そんなにギュウギュウにぎるなって。雑巾《ぞうきん》じゃないんだぜ」

と、隆志は顔をしかめた。「なに、大丈夫さ。詩織のことだ。きっと――」

「――おい！　聞こえるか！　十、数える！　その間に日本刀を捨て、おとなしく出て来い！　分ったか！」

店の中からは返事がない。警官が、

「一、二、三、……」

と大声で数え始めると、見物人の間から、

「十から逆に数えた方が、カッコイイのにね」

「英語で、テン、ナイン、ってやった方が感じ出るんじゃない？」

「英語、知らないのかもよ」

と、無責任な声が聞こえて来た。

「……七、八」

と、数えたところで、

「待って！　待って！」

と、女の子の声が……。

「詩織だ！」

隆志が飛び上った。

「今、出て行くから……。撃たないで！」

添子が、それを聞いて、

「詩織、泣いてる」

と、不安げに言った。

「うん。――そうらしいな」

息を呑んで見守っていると、やがて――中から、四十歳ぐらいの、ちょっと薄汚れた作業服みたいなのを着たおっさん（これはもちろん詩織ではない）と、そして可愛いポシェットを肩から斜めにかけた女の子――もちろん詩織――が、一緒に姿を現わした。

「あいつ……」

隆志は、ため息をついた。

日本刀でおどしていた男と、おどされていた少女が、まるで親子か何かみたいに、肩を抱き合い、互いにワンワン泣きながら出て来たのである。――集まった誰もが、呆気に取られて、その光景を眺めていた。


「だって……」

詩織が、まだ泣きはらした赤い目で、隆志をうらめしそうに見た。

「無事で良かったけどさ」

と、隆志は肯いて、「でも、俺は腹減っちゃったよ」

やっと、事情聴取が終って、出て来たのである。もう、夜の十時だった。

「あの人の話聞いてたら、可哀そうで」

と、グスンとやって、「どうせ死ぬなら、せめて思い切り甘いものを食べて死にたいって……。小さいころから、ろくにおしるこも食べさせてくれなかったんですって」

甘党の強盗というのも、何となくしまらない話だが。――隆志は苦笑いして、

「ま、お前のセンチなところのおかげで、無事に捕まったんだしな」

と言った。「ともかく何か食おう」

「うん」

詩織がコックリと肯く。

十七歳、というには少々幼い感じである。もう十七といえばかなり大人びた子もいるのだが、成屋詩織は、正に「少女」って感じである。一緒に歩いている添子と比べると半分ぐらい（まさか！）の印象。

しかし、見かけよりはずっと活発な女の子である。ただ、詩織の欠点――というか長所というか――は、このロマンチックな名をつけた詩人の父親に似たのか、極度に「感激屋」だということだった。

ドライ、かつクール、という現代っ子のスタンダードタイプとはかけ離れた、センチメンタルな子なのである。

そのせいで、ボーイフレンドの隆志も、しばしば苦労させられる。といって、要するに人の好

さから来るセンチメンタルなので、どうにも憎めないし、文句も言えないのである。

やっと開いているレストランに入って、三人は、遅い夕食を取ったが、途中、詩織はふと手を止《と》めて、

「あのおじさん、留置場じゃ、どんなもの食べてるのかしら」

と言い出した。

「デザートはつかないだろうな」

「そうね。――あの、すみません」

詩織はウェイトレスをつかまえて、言った。「チョコレートパフェ、留置場へ出前していただけません?」

2　開いたドア

それにしても——と、本間隆志は思い出してしまう。

初めて、成屋詩織とデートしたときのことを。たぶん、これは一生忘れられないであろう。

ま、この先、詩織とどうなるかは分らないにしても、だ。

何しろ、詩織と隆志、付き合っているとはいっても、至って、それこそ「きれいな」付き合いで、まず「お子様同士」って感じなのだから。

「あのときゃ、凄かったよな」

と、映画館から出て来て、ブラブラと歩きながら、隆志が言った。

「何のことよ?」

と、詩織が訊き返す。

「初めて映画を見に行ったろ。最初のデートのとき」

「そうだっけ」

「これだからね。——お前、どうして、そんなにセンチなくせに、そう冷たいの?」

「知るか」

——ともかく、そのときの映画は、ロマンチックな悲恋ものだった。

今どきあまりはやらないが、しかし、初めてデートに誘って、女の子をホラー映画へ連れていくのも、ためらわれたのだ。

それが間違いだった。

ともかく、映画を見ながら、ワンワン泣いてしまうのだ。それも、ジワッと涙ぐむとかいうのではない。

声こそは押し殺しているが、グスン、グスンとしゃくり上げ、時々、

「まあ」

とか、

「そんな」

とかいうセリフ入りなのである。

周囲の人は、変な目で見るし、女の子たちがクスクス笑っていたり、中には、

「あの泣き方は、映画のせいじゃない」

と思うのか、隆志のことを、キッとにらみつけるのがいたりして……。

ともかく隆志は、スクリーンなんかまるで見ていられず、冷汗をかきながら、ただひたすら、

「早く終ってくれ！」

と願うだけだったのである。

——あれ以来、隆志は極力、詩織を映画には連れて行かない。

見るときは、今日みたいなコメディか、アクションものと決めている。しかし、今日のコメディだって、三回泣いたのだから、大したものだ。

「面白かったわ、今日の映画」

「そうか?」

「うん。もっと泣けると良かったけど」

「お前はよくても、こっちがかなわないよ」

「いいでしょ。感受性豊かだ、ってことなのよ」

「豊か過ぎるぜ」

と、隆志は言った。「さあて、これからどうする?」

「行く所があるの」

「へえ。珍しいじゃないか」

大体、詩織はデートとなると隆志に任せている。

「付き合ってくれる?」

「そりゃ、構わないけど……。どこに行くんだ?」

「ええとね――」

詩織は、ポシェットから、メモ用紙を取り出して広げた。「読めないな。――あ、逆さだ、これじゃ」

「お前なあ……」

「ここ。連れてって」

と、メモを隆志へ押し付ける。

東京都内、住所だけでその場所を捜し当てる、っていうのは、楽じゃない。

仕方なく、書店で地図を立ち見(?)して、近い駅まで行くことにした。

電車に乗って、

「こんな所に何の用だ?」

と、隆志は訊いた。

「訪問」

「そりゃ分ってるけど」

「約束したの」

吊皮につかまって、流れ去る外の風景へ目をやっている詩織。――なかなか可愛くて、絵になる。

「約束って?」

「あのおじさんと」

「誰だ?」

隆志は、しばらくして、「――おい、まさか、この間、日本刀でお前をおどしてた、例の――」

「あのおじさんよ」

「あいつとどんな約束したんだ?」

「うん……」

と、詩織は、はぐらかすように、「ま、ちょっとね」

「言えよ。まさか、そいつの家族の——」

「様子を見て来て、知らせてあげる、って言ったの」

「おい！」

隆志は目を丸くして、「お人好しにも、ほどがあるぜ」

「だって、若い奥さんがいて、子供が小さくて、って言うんだもん。可哀そうじゃないの！」

「だけど、見て来てどうするんだ?」

「そりゃあ……」

「お前の気持は美しいと思うぜ。しかし、お前や俺にゃ、どうしようもないじゃないか」

「だって——」

「むだだよ。帰ろうぜ」

と隆志は言った。

すると——詩織が、じっと隆志を見つめる。こいつはいけない！

と思ったとたん、詩織の目から大粒の涙が溢れて……。

「分った。分ったよ。一緒に行くから。——な、頼むから、泣くな」

隆志の方が、泣きたい気分である。

「——これか」

隆志は汗を拭った。

さんざん捜し回って、やっと見付けた。

なかなか分らなかったのは、そこがアパートだったからで、メモには、そのアパートの名が入っていなかったのだ。

ま、しかしひどいアパートだった。よく真直ぐ立ってる、と感心したくなるほどの古さだ。

「人、住んでるのか?」

と、隆志が言った。

「洗濯物干してあるわよ」

「そうか……。名前、何てったっけ?」

「ええと——桜木。奥さんの名前は、忘れちゃった」

「桜木、ね」

郵便受なるものもあるが、名前なんか入ってない。

「しょうがない。一つずつ見て回ろうか」

大した戸数ではない。二人は、一階の(一応、二階があった)部屋の前を、ぐるっと回った。

「二階かしら」

「階段、壊れてないか?」

二人は、恐る恐る、ギイギイ鳴る階段を上って行った。

「——ここは違う、と。——そっちは?」

「うん。よく読めないんだ、表札が」

大体、表札なんてものじゃない。

ただ、紙に名前を書いて、ピンで止めてあるというしろもの。

「——どうやらこれだ」

と、隆志は言った。「かすかに、〈桜〉の字が読める」

「良かった!」

良かった、じゃないよ。隆志は内心ヒヤヒヤものだった。

そりゃ、こんなアパートにいるのでは、貧乏暮しなのだろう。しかも旦那があんな騒ぎを起して捕まってるとくれば……。

だからといって、隆志や詩織にどうできるというものじゃない。それを、

「何とかしたい」

と思いかねないのが、詩織なのである。

トントン、と詩織がドアを叩いた。

「こんにちは。——奥さん。——桜木さん。押売りやセールスじゃありません」

そばで聞いていて、隆志の方が吹き出しそうになってしまった。

「留守じゃないのか」

と、隆志は言って、廊下に面した、台所らしい窓の下に立っていたが——。

ん？　何だ、この匂い？

「おい！　ガスだ！」

と、隆志が言った。

「え？」

「ガスの匂いがする。——ほら」

「ほ、本当だ！」

「もしかしたら中で——。おい、逃げろ！」

「だって——」

「俺が窓を破って入る！」

と隆志が身構えると、詩織は、ドアのノブに手をかけて、引いてみた。

「ドア、開くよ」

ギーッとドアが開く。隆志は調子が狂って、引っくり返った。

3　さらわれて……

「失礼します」

なんて、呑気《のんき》なことを言ってる場合じゃなかった。

ともかく、ガス自殺を図っているらしいのだ。一刻を争う！

「ともかく、ガスだ！　ガスを止めるんだ！」

気を取り直した隆志が、桜木の部屋の中へと飛び込むと、「どこだ！　ガスは——」

と、見回す——ほどの広さもなかった。

六畳一間に台所、という、大変クラシックな間取りのアパートだったのである。

隆志は、台所へ駆けて行って、ガスの栓を閉じた。

「まあ！　あそこに！」

と、詩織が叫んで立ちすくむ。

すっかり色の変った畳の上、座布団（もと座布団、というべきか）を頭の下に、若い女性が、
傍に赤ん坊を寝かせて、横になっている。

じっと目を閉じ、動こうともしない。そのわきに、ほとんど空《から》になったコップが一つ。そして

「睡眠薬をのんだんだわ！　そしてガスを出しっ放しにして……。何て可哀そうな――」

哺乳びん……。

と、早くも詩織、涙ぐんでいる。

「おい！　そんなことより、窓を開けるんだ！」

隆志が、言うより早く、自分で駆けて行って窓を大きく開け放った――つもりだったのだが……。よほど、たてつけが悪かったんだろう。

エイッ、と開けると、窓はガラガラッと開いたことは開いた。が――そのままレールから外れて、下の地面へと落下して行ったのである。

ガシャン！　――二階から落ちて割れたからといって、窓ガラスを責めるわけにはいかないだろう。

「あれま」

と、隆志は呟いた。「でも――しょうがねえよな」

「そうよ。ともかく、命を助けるためなんだもの」

と、詩織は隆志を慰めて、「早く一一九番しなきゃ！」

「そ、そうだな」

「電話、どこかしら？」

詩織が振り向くと、ポカンとして座っている若い女性……。

「あの、電話は？」

と、詩織は訊いた。

「電話、ありません」

「あら、そう。困ったわ」

「あの――どうして――」

「ここの人がね、ガス自殺を図って、睡眠薬をのんで……」

「――おい」

と隆志が言った。

目の前に、キョトンとした顔で座っているのが、当の「ここの人」だった。

赤ん坊を抱いたその女性、隆志と詩織を交互に眺めて、

「あなた方、どなた?」

と、訊いたのだった……。


「じゃ、自殺しようとしたわけじゃ……」

「まさか」

桜木啓子は、微笑んだ。「でも、ついガスの火を消し忘れて。――本当に中毒するところでしたわ。ありがとうございました」

「いや、別に……」

隆志は、頭をかきながら、すっかり見はらしの良くなった窓の方へチラッと目をやった。

「すっかり寝不足なものですから」

桜木啓子はそう言って、「この子が夜中に何度も起きるので、眠ってられないんです」

と、赤ん坊に、哺乳びんでミルクをやっている。

詩織と隆志も、何となく調子が狂って、ぼんやりとその母と子の姿を眺めていたが……。

「あのね、訊いてもいい？」

と、詩織は言った。

「何ですか？」

「──年齢《とし》はいくつ？」

と訊いたのは、ともかくこの啓子という女性、いやに若く見えたからだった。

そりゃ、確かに、あの「おじさん」は、若い女房と小さい子供がいる、と言ってたけれど、それにしても、若過ぎるような気がした。

「まだ五か月なんです」

「あ──いえ──あなたのこと」

「あ、私ですか。十七です」

ガクッ、と詩織はショックのあまり倒れ伏した──というのはオーバーだが、しかし、十七歳！　私と同じ！

「十七……。その若さで、どうしてまた……」

と言いながら、早くも詩織の涙腺は活動を開始していた。

「でもさ——」

と、隆志が、それと察して、口を挟んだ。「君の旦那、捕まったの、知ってるだろう?」

「旦那?」

と、啓子は目をパチクリさせて「ああ、主人のことですね。夫。ハズバンド」

ありゃ、どう見ても「ハズバンド」って雰囲気じゃない。せいぜいゴムバンドってところ。

「ええ、警察の人も来ましたし」

「大変ねえ。——心配でしょ」

と、詩織は言った。

「別に」

と、至ってアッサリとした返事が返って来た。「ここにいるより、よっぽどのんびりできるんじゃないですか。あの人、慣れてるし」

「留置場に?」

「ええ。どの留置場が居心地がいいか、論文を書こうか、なんて言ってるくらい」

あんまり自慢できた話じゃないだろうが。——しかし、それにしても、いやにこの「若妻」の、落ちつき払っていること。

「あの——あなた、本当にあの人の奥さん?」

と、つい詩織は念を押していた。

「一応は」

と、啓子は肯いた。「といっても、無理にさらわれて来たようなものなんですよね。だから別に、いなくたって寂しくもないし」

詩織は、わけが分らない。

「さらわれた?」

「ええ。あの人、私が学校へ行く所を待ち伏せして、無理矢理車に引きずり込んだんです。——そのまま何日も車で走り続けて、逃げ出したら殺すぞ、っておどかされて。あちこちの町を転々としてる内に、この子ができちゃったんで、逃げ出すわけにもいかなくなって……」

「ちょ、ちょっと待って!」

詩織はあわてて遮った。「それじゃ、まるきり誘拐じゃないの!」

「まあ、そうです」

隆志と詩織は、顔を見合せた。——この子も、少しイカレてるんじゃない? 詩織も、さすがにセンチメンタルな気分にはなれなかった。

「——変ってる、と思うでしょうね」

と、啓子は言った。「でも、あの人にも、いい所はあるんです。子供好きだし、私のことにも、それなりに気をつかってるし。——でも、働く気のない人なんです。だから、どうせ、そろそろ逃げ出そうと思ってたの。いい機会だわ」

詩織と同じ年齢でも、こちらはまたドライである。いや、ドライというのもピンと来ない。

「ご両親は、あなたのこと、捜してらっしゃるんじゃないの?」

と、詩織は言った。

「どうかしら。——私、のけ者だったから」

「だけど……」

「家出した、と思ってるんじゃないかな、家じゃ。だったら、捜しませんよ。父は冷たいし、今の母、私の本当の母じゃないし」

複雑な家庭に育っていたらしい。

「お宅、どこなの？」

「両親は九州です」

また遠くへ来たもんだ。——啓子は、赤ん坊が眠ってしまうと、

「でもいいわあ、子供って」

と、ニコニコしている。「詩織さん——でしたっけ。子供さんは？」

「いないわよ」

詩織は、やや圧倒されていた。

「可愛いですよ。そろそろ一人か二人——」

「それよりさ」

隆志が、あわてて言った。「差し当り、どうするんだい？」

「このアパートじゃ、いられませんね。窓もなくなったし」

「ごめんよ。壊す気じゃなかったんだけど」

「いいんです。どうせ近々、ここ、取り壊す予定だから」

と、啓子は言って、「荷物まとめて、どこかに泊ります」

「あてはあるの?」

詩織が、余計なことを訊いた。——よせ!

隆志の心の中での叫びも空《むな》しかった……。

4　粉ミルクの朝

「どうするんだよ、一体！」

と、隆志が、詩織のわき腹をつついた。

「くすぐったいわね、エッチ」

「冗談言ってる場合じゃないだろ」

「じゃ、あの子と赤ん坊を、放り出せっていうの？」

「そうじゃないけどさ……。お前、言うことが極端なんだよな」

「こういう性格でございますの」

と、詩織は言い返した。

さて、ここは――成屋詩織の家である。

至って洒落た造りの洋風建築。大邸宅というほどでもないが、ま、住んでいるのが詩織と両親の三人だけなんだから、そんな馬鹿でかい家を建てても仕方ないのである。

「やあ、隆志君」

と、二人がいるリビングルームへ入って来たのは、詩織の父。

丸顔、丸っこい体、短い足……。これに丸ぶちメガネをかけているので、どこもかしこも丸い、という印象を与えている。

人柄の方も至って「丸く」、いつもニコニコしていて、不機嫌な顔ってのを知らないのじゃないかと思えて来る。

「おじさん、どうも——」

と、隆志は頭を下げた。

「ね、パパ。あの子、どうしてる?」

と、詩織が訊いた。

「ん? ああ、例の赤ん坊連れの娘か。今、ママが一緒になって赤ん坊を風呂へ入れてるよ」

こうなると、隆志も笑い出してしまいそうになる。

詩織のセンチなのは、どうやら親譲りらしい。

「しかし、可愛いもんだな、赤ん坊というのは」

と、詩織の父親は、ゆったりとソファに腰をおろして、「新たなインスピレーションが湧いて来た! 久しぶりに詩を作ってみるかな」

「パパ、それだったら、娘の私を見てて、インスピレーションは湧かないの?」

「見慣れた顔はだめなんだ」

と、成屋一郎は言った。

しかし——いつもこの父親を見る度《たび》に、隆志は、この人が「詩人」だとは思えないな、と考えるのだった。

詩人なんていうのは、およそ商売としては成り立たない。特に、成屋一郎はあまり——というか全く、というか——知られていない詩人だから、ろくに収入というものがないのである。

それでいて、どうしてこんな家で優雅に暮していられるかといえば——。

「ほら、こんなに元気一杯！」

と、リビングに赤ん坊をかかえて飛び込んで来たのは、詩織の母親、成屋智子である。

「ママ！」

詩織が真赤になって、「何よ、その格好！　隆志君がいるのよ！」

赤ん坊をお風呂へ入れていたので、成屋智子は、当然のことながら裸だった。バスタオル一枚、体に巻きつけていたが、もしそれが外れて落ちたら……。詩織が目をむいたのも当然のことだったのである。

「あら、おかしい？」

と智子は心外、という様子で、「隆志君だってお母さんのお風呂上りぐらい見たことあるでしょ」

「自分の母親とよその母親じゃ違うでしょ！」

と、詩織はむきになって、「ともかく、ちゃんと服を着て来てよ！」

「はいはい。うるさいのねえ。——ああ、よしよし」

と赤ん坊をあやしつつ、リビングを出て行く。

詩織はフーッと息をつき、隆志は笑い出したいのを、必死でこらえている。

いや、実際、詩織の両親は、ユニークな人たちなのである。

母親の方は、詩織とよく似た顔立ちで（詩織の方が、母親に似たのであるが）、金持のお嬢さんで、この家の収入は、この母親が、親からもらった株だの証券だのの配当などがほとんどなのだ。

いとも優雅な生活であるが、それがいい方に出て、二人とも無類のお人好し。ねたんだり、恨んだりしようという気になれないタイプなのだった。

「——ああ、いい気持だった」

と、リビングに入って来たのは、もちろん桜木啓子である。

詩織のパジャマを着ている。——もはや、この家にすっかり居つく気でいるらしい。

「あの赤ん坊、なんていう名前なの？」

と、詩織が訊く。

「花子。——だって、考えるのが面倒だったから。おじさんがね、昔そういう名の象が動物園にいたって……」

象、ねえ……。

隆志は、もう、どうにでもなれって気分である。

詩織は、結局、赤ん坊ともども、この家へ桜木啓子を連れて来てしまったのだ。

「ほら、連れて来たわよ！」

一応、ちゃんと服を着た智子が、赤ん坊の花子を抱いて来る。

「あ、すみません。――お風呂の後は、よくオッパイ飲むんですよね」

「本当に可愛いわね。大きくなったら、きっと美人になるわ」

と、智子は、もうニコニコしっ放しである。

赤ん坊が、フギャーフギャーとむずかり出した。啓子は、

「はいはい」

と、パジャマの前を開けて、胸を出し、乳首を赤ん坊に含ませた。

隆志は目をパチクリさせて、それを見ていた。――その、当り前のしぐさは、なかなか感動的な光景であった。


フギャー、フギャー。

次の日、成屋家にやって来た隆志は、いやに派手に赤ん坊が泣いているので、声をかけにくくて、しばらく玄関に突っ立っていた。

すると、詩織がバタバタと足音を立てて飛び出して来た。

「隆志君！　何をぼんやり突っ立ってるのよ！」

「へ？」

「早く、粉ミルクを買って来て！」

「粉ミルク？」

「そうよ、急いで！　十秒以内にね！」

そんな無茶な。

「おい、粉ミルクって、コーヒーに入れるやつ？」

「馬鹿！　赤ちゃんにのませるやつよ！」

何だかよく分らなかったが、ともかく仕方なく、隆志は表に飛び出した。が——しかし、大体、粉ミルクってのは、どこで売ってるんだ？

——しかし、ともかく駆け出して、商店街へ行くと、幸い、薬局の店頭に山積みになっている粉ミルクの大きな缶を見付けた。

取りあえずそれを買って、飛んで帰ると、詩織が引ったくるようにして——。

しばらくすると、赤ん坊は泣きやんだ。

隆志が恐る恐る覗き込んでみると、台所で詩織と父親の二人がへばっている。

赤ん坊は、辛うじて詩織の腕の中で、スヤスヤと眠っていた。

「どうしたんだよ、一体？」

「え？　——あら、隆志君、いつ来たの？」

「それはないだろ。今、粉ミルク買って来たじゃないか」

「あ、そうだっけ」

こりゃ相当なものだ。

「どうでもいいけど——母親は？」

「うちのママ？　お出かけ」

「違うよ。例の桜木啓子さ」

「ああ」

詩織は、片手で赤ん坊を抱いたまま、もう一方の手をのばして、台所のテーブルの上の紙きれを取り、隆志の方へ差し出した。

「何だい？」

と、受け取って見ると——何だか子供の走り書きって感じの字で、

〈いろいろありがとうございました！

私、したいことがいくつかあるんで、しばらく花子をお願いします。粉ミルクは××印のにして下さいね。他のだと便ぴしますので。

じゃ、よろしく。　　　　啓子〉

「——おい」

隆志は呆れて、「じゃ、出てっちまったの？　赤ん坊を置いて？」

「そのようね」

「どうするんだよ！　もう帰って来ないかもしれないぜ」

詩織は、ちょっと隆志をにらんで、

「あなたの買って来た粉ミルク、メーカーが違ってたわよ」

と言った。

「そりゃ、今日はいいよ。日曜日だからな。だけど——」

「言いたいことは分ってるわよ」

と、詩織は言った。

「本当かい?」

と、隆志は、半信半疑の面持ち。

「どうせ、私は馬鹿だ、間抜けだって言いたいんでしょ。どうしようもないお節介やきで、救いがたいオタンコナスだって。どうせそうですよ。——そんなにいじめなくたっていいじゃない」

グスン、と詩織は涙ぐんでいる。

「自分で勝手に言って勝手に泣くなよ」

と、隆志はため息をついた。「ほれ、鼻かめよ」

ティッシュペーパーを常に持ち歩く。これは、詩織と付き合うときの第一鉄則なのだ。

今、二人は、詩織の家の近所にある公園から、戻る途中である。そろそろ陽が傾いて来て、夕空は大分秋めいていた。

5 波乱含み

二人は――いや、正確に言うと三人だった。

例の花子――桜木啓子に置いて行かれた赤ん坊が、一緒だったのである。

といっても、赤ん坊が詩織たちと並んで、ポケットに手を突っ込みながら歩いているわけはないので、詩織の腕の中に抱かれているのだった。

「鼻かめ、ったって……」

と、詩織が、ノッポの隆志を見上げる。

「分ったよ。――落っことしても知らねえからな」

隆志は、こわごわ花子を詩織から受け取った。

赤ん坊というのは、抱き慣れていない人間の危っかしい手つきを、敏感に察知するものである。

「ワッ！　ワッ！　――動いた！」

「当り前でしょ。もっとしっかり抱かなくちゃ。赤ちゃんだって怖いわよ」

「そんなこと言ったって、慣れてねえんだからな」

何度も抱き直して、やっと花子も静かになった。詩織は、チーンと鼻をかんで、それからハンカチを出して涙を拭った。

そして、ヒョイと顔を上げると、どこかで見たような女性が立っている。四十代も後半に違いないという、尖ったメガネの細身のおばさんで、地味なスーツを着て、歩いて来たところだった。

「こんにちは」

誰だっけ？　考えながら、詩織はそう挨拶した。たぶん近所のおばさんだろう。

「──今の誰だ？」

と、すれ違って少し歩いてから、隆志が言った。

「見憶えあるんだけどね……」

「何だか、変な顔してこっちを見てたぞ」

「失礼しちゃうわ。こっちがちゃんと挨拶したのに、何も言わないなんて」

と、詩織は腹を立てている。

「そんなことといいけどさ、明日から、どうするんだ？　学校あるんだぞ」

詩織も隆志も、まあ一応学校という所へ通っている。詩織は高校一年。隆志は三年生だ。ただし、隆志は都立、詩織は私立の女子校。

その割に、隆志はあまり受験勉強している様子もなく、呑気だ、と思われるかもしれないが、この小説に出て来ない場面では、必死になって勉強して──いるだろう、と著者は想像している……。

「分ってるけど、その子を捨てるわけにもいかないでしょ」

「捨てろとは言わないよ。でも、何てったって、ちゃんと母親がいるんだからさ。捜してこの赤ん坊を渡すべきだよ」

「どうやって捜すの？」

「どうやって、って……」

そう言われると、隆志も、ぐっと詰るのである。「だけど──あの啓子ってのが、いつ帰って来るのか分らないんだぜ。それまでずっとお前が面倒みるのか?」

「ママが何とかするでしょ」

と、詩織の方だって、いい加減無責任なのである。

「しかし、お前の母さんもひどいよな」

と、これは腕の中の赤ん坊へ向って、「お前を放ったらかして、どこかへ行っちまうなんてな。

――帰って来たら、うんとギャーギャー泣いて、困らしてやれよ」

隆志は、いつの間にか、詩織が隣を歩いていないのに気付いて、足を止めた。二、三メートル後ろで、詩織、ポカンとして突っ立っている。

「おい。――何してんだ?」

と隆志が声をかけると、

「思い出した」

と、詩織が言った。

「何を?」

「さっき、すれ違ったおばさん……」

「何だ、誰なんだよ?」

「うん……。学校の生活指導の先生」

と、詩織は、呟くように言ったのだった……。

「あのおばさん、完全に誤解してるぜ」

成屋家のリビングルームに座って、隆志は言った。「何しろ俺が赤ん坊抱っこして、お前がすすり泣いてる、と来りゃ……」

「いくら何でも！　私がいつ生んだっていうのよ？　ずっと学校へ行ってたのに！」

「夏休みの間に生んだ、とかさ」

「人のことだと思って」

と、詩織は隆志をにらんだ。「――明日行ったら、まず間違いなく呼出しね」

「もう席がないかもしれないぜ」

と、隆志がからかった。

電話が鳴り出した。詩織があわてて飛んで行ったのは、せっかく花子を寝かしつけたところだったからだ。

「はい。――あ、何だ、ママ？　――うん、今寝てるよ」

「じゃ、紙オムツとか、色々買って帰るわ」

と、智子は、何だかやけに楽しそうである。

「今日は早いじゃない」

と詩織が言ったのは、何しろ母の智子、年中出歩いているからである。

「そりゃ、だって、赤ちゃんの顔が見たいからね」

「娘の顔じゃだめなの？」

「見飽きたわよ」

智子はグサッと来ることを平気で言って、「じゃ、帰るまで泣かさないようにね」

と、さっさと電話を切ってしまう。

「いい気なもんだわ」

と、ふくれっつらで、詩織が戻りかけると、また電話。「――はい――え？」

「私、啓子よ」

「あら、どこにいるの、あなた？」

「それは言えないの。ごめんなさい」

いやに低い、押し殺したような声を出している。

「どうしたの？」

「花子、元気？」

「ええ。今、寝てるわ」

「そう。悪いんだけど、もう少し預かってちょうだい。お願い」

啓子の声には違いないのだが、切羽詰った声を出している。

「何があったの？」

「もう一つ、あなたに甘えて、お願いがあるの」

「というと？」

「あの子を絶対、誰にも渡さないで」

「何ですって？」

と、詩織は思わず訊き返した。

「引き取りに来る人がいても、決して渡さないでね。私が、必ず行くから。――お願いね！」

「でも――もしもし？」

もう、電話は切れている。

リビングルームへ戻ると、隆志が大欠伸《おおあくび》をして、

「赤ん坊って、よく眠るなあ。見てると、こっちまで眠くなっちまう。――どうしたんだ？」

「うん……」

詩織が、今の啓子からの電話のことを話してやると、隆志は首をかしげて、

「この赤ん坊を、一体誰が引き取りに来る、っていうんだい？」

「知らないわよ。でも――彼女、真剣だったわ。それは確かよ」

「ふーん。じゃ、結構何か事情があるのかもしれないな」

「そうよ。それをあなたは馬鹿にして！」

「俺がいつ――」

「可哀そうに。きっとやむにやまれぬ事情があって、この子を置いて行ったんだわ！」

早くも、また涙ぐんでいる。「――私、この子を命にかえても守ってやるわ！」

「オーバーだなあ」

と、隆志が苦笑いする。

玄関のチャイムが鳴った。

「誰か来たわ！」

と、詩織が身構えると、

「――チワー。そば屋ですが、器、下げに来ました」

と、声がした。

確かに、引き取りに来たには違いなかったのである……。

6　花子のお出かけ

「詩織！」

顔を見るなり、水嶋添子が、詩織の腕をギュッとつかんだ。

「ほら来た」

詩織は、フフ、と笑って、「そう来ると思ってたのよね」

「何が？」

と、添子はキョトンとしている。

親友同士のこの二人、添子は大柄だし、詩織は小柄なので、同じ女子校の制服を着て並んで歩いていると、漫才のコンビみたいである。

「――赤ちゃんのことじゃないの？」

横断歩道の所で足を止めると、詩織は言った。

「赤ちゃん？　誰の？」

「うちにいる。私と隆志君が――」

「ええっ？」

添子は目を丸くして、「い、いつの間に――。詩織！　どうして打ち明けてくれなかったのよ！」

「何だ、その話じゃないのか」

「親友の私に黙って、そんなこと……。ね、今日お財布忘れちゃったの。二千円貸して」

「それで私のこと呼んだの？　――あ、青になった」

二人は、横断歩道を渡って行った。

二人の通う女子校は、やたらにぎやかな町の真中にあって、校門の前の道路は一年中、車の大渋滞という有様だった。

その割に、生徒たちの非行も少なく、帰りに寄り道する者もほとんどない、という定評があったが、生徒たち自身に言わせると、

「この制服じゃ、町を歩けないよ」

というわけなのである。

三十年前ならモダンだったに違いない、ブレザーの制服は、今や「制服の歴史博物館」（そんなものがあれば、だが）におさめられて然るべきだと評価を受けていたのだった……。

「――何だ、じゃ、本当に詩織の子じゃないのか」

説明を聞いて、添子が言った。

「当り前でしょ。休みの間だって、年中会ってたんじゃないの。いつ生むのよ」

「そうか。しかし、タツノオトシゴに見られたのは、まずかったわね」

と、添子はちっとも心配そうでなく、むしろ面白そうに言った。

そりゃ、他人のことなら、面白いに決っている。タツノオトシゴというのは、昨日、詩織と隆志が赤ん坊の花子を抱いていて出会った、生活指導担当の女教師のあだ名である。

「だけど、説明すりゃ分るわよ。実際に私の子供じゃないんだから」

「甘い甘い」

と、添子は首を振った。「とかく、学校ってやつは問答無用だからね」

——二人は学校へと入って行った……。


だが、詩織の期待（?）に反して、学校では何ごともなく、一日が過ぎた。

いや、もちろん、授業はあったのだが、詩織は別に停学処分を受けるでもなく、立たされるでもなく、テストで百点をとるでもなく（これはいつものことだった）、午後の授業も終ったのである。

さて、帰るか、と仕度をしている詩織は、昨日、タツノオトシゴに会ったことなど、忘れかけていた。と、そこへ——。

「成屋さん」

と呼ぶ声があった。

「はい」

誰が呼んだのか、と見回すと……。

「成屋さん。ちょっとお話があるの。来てくれる？」

教室の入口に立っていたのは、誰あろう、あのタツノオトシゴ——いや、正しくは清原和子女史であった。

「来たよ」

と、添子が、詩織をつつく。

「うん。——待っててくれる？」

「一緒に泣いてあげる」

「よしてよ」

と、詩織は顔をしかめた。

清原女史は、詩織を学校の応接室へと連れて行った。

「——座って」

と、促しておいて、ドアを閉める。

「昨日はどうも失礼しました」

と、詩織は先手を打って、言った。「親戚の赤ちゃんを預かってて、目が回りそうだったもんですから……」

清原女史は、黙って向い合った席に腰をおろすと、しばらく詩織を眺めていたが、やがてフフ、と笑って、

「親戚の赤ちゃんをね。——どうして親戚の赤ちゃんを抱いて、泣く必要があるの？」

ほらね。詩織はため息をついた。

「あの――私、泣いてたんじゃありません。目にゴミが入って――」

「いいのよ。隠すことないわ」

と、清原女史は遮って、「私には、ちゃんと分ってるのよ」

こういう風に勝手に分られてしまうのが一番困る。いくらそうじゃないと言っても――いや、言えば言うほど、ますます、自分が正しいと思い込んでしまう傾向があるのだ。

「あのね、私も女よ」

と、清原女史は、しごく当り前のことを言った。

これが、「私は男よ」とでも言ったのなら詩織もびっくりしただろう。

「女の気持は女でなきゃ分らない。そうでしょ?」

「はあ……」

「祝福されない子であっても、我が子は我が子。母の想いは世界共通、万国共通。子供は世界の宝です」

「はあ……」

「嘆き悲しむことはありませんよ! その子にどんな試練が待っていようと、それを乗り越え、強く正しく生きる男に育てるのが、母親のつとめ――」

「あの赤ん坊、女の子なんですけど」

と詩織は言ったが、完全に無視されてしまった。

「いいですか！」

と、突然、清原女史が大声を出したので、詩織は飛び上るほどびっくりした。

「あの――何でしょう？」

「間違っても、世をはかなんで親子心中などしないように！」

冗談じゃない。誰がそんなこと！

「困ったことがあれば、何でも私に相談しなさい」

と、清原女史は胸を張って、それから、「お金のこと以外だったら」

と付け加えた。


「誤解もあそこまで来ると大したもんね」

と、詩織は言った。

「でも、良かったじゃない」

と、添子は笑って、「この分なら、停学にもならずに済みそうだし」

「でもねえ……。何だか、あの子、いわくがありそうなのよ」

と、詩織はちょっと眉をくもらせた。

――二人は、詩織の家へと向っていた。

もちろん、添子が、赤ちゃんを見せろと言い出したからである。

もうすぐ家が見える所まで来ると、向うから歩いて来たのは、母親の智子。

「あら、ママ」

「あ、お帰り。——あら、水嶋さん、こんにちは」

「どこかに行くの？」

「お買物。花子ちゃんのオムツカバーをね。あれだけじゃ足らないから」

「すっかり、夢中になっちゃって」

と、詩織は苦笑した。「あの子は誰がみてるの？」

「詩織がね、散歩に連れてくって」

「あ、そう」

と肯いて歩きかけたが……。「ママ、今、何て言った？」

「詩織が——」

と言いかけて、「あら、どうしたの、花子ちゃんを？」

「こっちが訊きたいわよ。私、今帰って来たのよ！　まだ家にも戻ってないっていうのに——」

「あら、変ね、私、お庭の雑草を取って、家の中へ戻ると、花子ちゃんがいなくて、お前のメモが——」

「私が連れて出るのに、メモなんか置いとくわけないでしょう！」

「そうね……。じゃ、一体——」

詩織は青くなった。添子と顔を見合せ、

「参ったな！」

と呟く。

「じゃ、花子ちゃん、一人でどこかへ出かけたのかしら?」

と、智子は、まるで分っていない様子であった……。

7　懐しい父

「――くたびれた！」

と言ったのが、隆志だったのか、それとも添子だったのか、もちろん聞けば分るはずだが、言った当人の方に、その自覚がない、という……。

つまり、二人ともそれほど疲れ切っていたのである。といって、隆志と添子は新婚夫婦ではなく（何の話だ？）ただ、成屋家を後にしたところだった。

「――大丈夫かしら、詩織？」

と、夜道を歩きながら、添子が言った。

「大丈夫だろ。あいつ、ともかく泣きさえすりゃ、ケロッとできる性格だから」

隆志の方も、半ばやけ気味だった。

二人がくたびれ果てるのも無理はない。

赤ん坊の花子が誰かに連れ出されたというので、詩織の落ち込み、はなはだしく、ワンワン泣いて、

「啓子さんに申し訳ない。死んでお詫びを――」

というのを、駆けつけた隆志が、添子ともども、何とか思い止まらせて来たのである。

隆志が成屋家へ駆けつけたのが、午後六時少し前。今は深夜の一時。――何と七時間余りにわたって、

「お前のせいじゃないんだから……」

「お前が死んだって赤ん坊は帰ってこない」

「お前が腹空《す》かしたって、赤ん坊は腹一杯にならない」

といった文句を、順番にくり返していたのだから、これでくたびれなきゃ人間じゃない！

しかし、ともかく詩織も絶望のどん底にいるわりには、晩ご飯を二杯食べ（いつもよりは少なかったが）、涙もさすがに一時的に水不足の状態となったようなので、隆志も家へ帰ることにしたのである。

「明日、テストなんだぜ、頭痛いよ、全く！」

と隆志はぼやいた。

「仕方ないじゃない、恋人のためなら」

と、添子が欠伸をした。「あーあ、眠くなっちゃった」

「何の因果で、詩織みたいな変った奴の恋人になっちまったんだろ？」

ブツクサ言っちゃいるが、「恋人」であることは、隆志も自覚している。

「でも、赤ちゃん、どこへ行っちゃったんだろね？」

「俺が知るか。――何だかあの子、いわくありげだったよな」

二人が歩いて行くと、道の向うから車のライトが近付いて来た。

「でかい車。――おい、わきへ寄らねえと危いぞ」

そう。実際、道幅一杯って感じの大きな外車だった。

二人がわきへ寄ると、その車、ピタリと停って、後部席の窓が静かに下りた。

「ワン」

と、その男が言った。

いや――「ワン」と言ったのは、その男の膝の上にいた犬だった。

「ちょっとうかがいたいが」

と、その男が隆志に言った。

「はあ」

「この辺に、成屋という家はないかね」

「成屋?」

隆志はびっくりした。車に乗っているのは、六十歳ぐらいかと見える、白髪の老紳士。そう人柄は悪くないように見えた。

「そう。確かこの辺りだと思うんだが」

「それなら、この先の右側ですよ」

と添子が、素直に言った。

「そうか! 大分先かね?」

「いいえ、五、六十メートルじゃないかな。割と新しくて小ぎれいな家だから、すぐ分りますよ」

「いや、どうもありがとう。助かったよ」

「どういたしまして」

車が、スーッと大型車特有の滑るような動きを見せて、遠去かる。

「——おい、俺が訊かれたんだよ。何でお前がペラペラしゃべっちゃうの?」

「あら、いけないって法律でもある?」

「そうじゃないけど……。変じゃないか、こんな時間に詩織の家に——」

「だから、よ」

「だから?」

「私たちも行こ」

と、添子は、さっさと車の後を追って、道を戻って行く。

「おい! 俺は明日テスト……」

隆志は口の中でブツブツ言いながら、添子の後をついて行った。


ま、この後、隆志と添子が戻って行って、詩織が面食らうという一幕は省略。

成屋家のリビングルームに、さっきの白髪の老紳士を迎えて、詩織に母親の智子、後から追加の隆志と添子が揃ったところで、続きがスタート……。

詩織の父親は、インスピレーションが湧いたとかで、昼間から二階で詩作に熱中している。こうなると、誰が何を言っても耳に入らないのである。

「――で、お話というのは?」

と、母親の智子が言った。

「こんな夜分に、誠に申し訳ありません」

と、老紳士は、いたって丁寧な口調で言った。「私は種田信義と申します。少々会社などを経営している、まあ、実業家のはしくれ、と申しましょうか」

「はあ」

「実は、私の秘書が、先日、この新聞の切抜きを持って来たのです」

と、種田と名乗った老紳士、上等な背広のポケットから切抜きを出して、テーブルに置いた。

「まあ、」

と、智子はそれを手に取り、「冬物のバーゲン、三日間限り!」

「それは裏です」

「あ、そうですか」

詩織は、母の手もとを覗き込んだ。

「あ、これ――」

隆志も反対側から覗き込んだので、智子には記事が見えなくなってしまった。

「おい、これ、お前が例のおっさんに人質にされたときの記事じゃないか」

「本当だわ。他の新聞には私の写真ものったのに、これ、出てないわ」

「変なことにこだわるなよ。――この事件がどうかしたんですか?」

「その桜木という男に、私は娘をさらわれたのです」

詩織と隆志は顔を見合せた。種田は続けて、

「私は桜木という男が、若い女と暮していたと知り、もしや私の娘ではないかと……。住んでいたアパートを訪ね、あちこち訊き回って、どうやら、その娘は赤ん坊ともどもこちらへ引き取られたらしいと分ったのです」

種田は、ちょっと息をついて、「こんな夜中も構わず押しかけたのも、娘を思う親心と、お許しいただきたい」

と、頭を下げた。

「そりゃ結構ですけど」

と、智子が言った。「ちょっと詩織、あなたどいてよ。何も見えないじゃないの」

「あ、ごめん」

覗き込んだ姿勢のままだった詩織と隆志が左右へ引っ込んで、やっと視界が開けた智子、

「その娘さんというのは――」

「啓子といいます。写真を持って来ました」

種田が、ポケットから写真を取り出し、智子に渡すと、また詩織と隆志がワッと覗き込む。

「――啓子さんだわ!」

と、詩織が叫んだ。

確かに、それは啓子の写真だった。セーラー服を着ているので、大分イメージは違うが、見間違いようはない。

しかし……。隆志は首をひねった。

啓子の話では、両親は彼女が家出したと思って、心配もしていないだろう、ということだった。しかも家は九州で、母親は実の母じゃない、とも。

「やはりそうでしたか」

種田が大きく息をついて、「いや、良かった！　啓子がいなくなってから、一日たりとも、気の休まる日はなかったのです！　生きてさえいてくれたら、と祈るような思いでした。――で、今、啓子はどこに？」

「はあ……」

詩織は、隆志と顔を見合せた。

「いや、実はですね」

と、隆志が代って言った。「啓子さんは確かにここへ来たんです。でも、出て行っちゃったんですよ」

「何ですって？」

種田が訊き返した口調は、びっくりするほど鋭かった。

8　「奴ら」の話

啓子がいない、と聞いて、父親が驚くのは当然のことだ。

ただ、この場合の種田の驚き方は、ちょっとニュアンスが違っているように、詩織には思えた。どう違うか、二百字で答えよ、と言われたら詩織も困るだろうが、ともかくこの人の驚き方、ちょっとおかしいわ、と直観的に思ったのである。

「いなくなった……」

と、種田は呟くように言ってから、「いつのことです、それは？　いや、赤ん坊は？　一緒にいなくなったんですか？」

何だか刑事の訊問みたい、と詩織は思った。その種田の口調には、娘を捜し求めて来た苦労の果て、やっと見付けたと思ったのを、裏切られた落胆や、娘の身を案ずる不安はなくて、何か仕事をしているという雰囲気があったのである。

「いなくなりましたけど、別々にです」

と、母の智子が言った。

「詳しくお聞かせ願えますか」

と、種田は言った。

「はあ。実は——」

と、智子が言いかけるのを、

「ママ！」

と詩織が遮った。

「な、何よ、大きな声で。びっくりするじゃないの」

「しゃべっちゃだめよ」

「どうして？　私はただ、こちらのお父様に——」

「この人が本当に父親ならね」

これはいかにも大胆な発言だった。

詩織だって、ここまで言うつもりはなかったのである。ただ、もののはずみで、つい……。

この詩織の言葉には、智子も隆志も、ついでに添子もびっくりした。しかし——これに対する当の「父親」、種田の反応に、みんな、もっとびっくりすることになったのである。

「——ほう」

と、種田は、急に別人の如く冷ややかな表情になって、「私が本当の父親ではない、とね」

そして、種田は、ちょっと唇の端を上げて、笑った。——いつの間にか、種田の手には、大砲が——いや、拳銃が握られていたのである。

「やっぱり、先を越されたか」

と、種田は首を振って、「奴らにいくらで売ったんだ?」

しかし、いくら詩織が小説のヒロインでも、いきなり拳銃をつきつけられて、すぐに相手の質問に答えられるわけがない。心の準備というものが必要である。

種田はその点、あまり思いやりの心を持った男とは言えないようだった。

「答えないつもりか。——これがオモチャだと思ってるのか?」

と、突然、バン、と鼓膜を叩くような音がして、サイドボードの上の花びんが、砕け散った。

——拳銃の銃口から、うっすらと煙が漂っている。

「お前の頭を、あの花びんみたいに粉々にしてやろうか。どうだ?」

「花はいけられません」

詩織は、ふさわしくない場所で、つい余計なことを言ってしまうというくせがあった。

「そうか、——そっちがそういう態度で来るのなら、運転手を呼んで、ここでお前を可愛がらせてやろうか」

詩織は、やっと恐怖が脳に到達したのか、青くなって、ガタガタ震え出した。

「待ってくれ!」

と、隆志が叫んだ。「何の話なんだよ? 奴らって何だ? いくらで売った、って、何をだよ?」

「質問は一つずつでなきゃだめよ」

と、智子が隆志をたしなめた……。

「なるほど」

種田は、拳銃を手に立ち上った。「どうもよく分っていないようだな。一人、死ななくちゃ分らねえか。——じゃ、まず一人、片付けよう。誰がいい？」

「あのね」

と、詩織が、やっと口を開いた。「本当に、啓子さんは、ここから勝手に出てっちゃったの。何も知らないのよ、私たち」

「ほう、じゃ、赤ん坊も勝手に出てったのか？」

「そりゃ……見てなかったから、分らないわよ」

「とぼけた奴だな」

と、種田は苦笑いして、「よし、若い身空《みそら》で気の毒だが、まずお前の頭をふっ飛ばしてやる」

頭がないと困るのよね、と詩織は思った。美容院にも行けないし、イヤリングもつけられない。ご飯も食べられない……。

「ママ！」

詩織は母親の方へぴったりと身を寄せた。

智子は、ひしと詩織を抱きしめて、

「娘の代りにこの私を！」

と、言うかと思えば、

「詩織、何か言い遺すことは？」

詩織は目をむいた。すると、そこへ、

「ああ、やっと出来た！」

と声がして、成屋が、ブラリとリビングルームへ入って来たのである。

誰もが、種田も含めて、ポカンとして、成屋を眺めていた。

「やったぞ！　傑作が書けた。これで私の詩人としての名声は、長く後世に伝えられるだろう！」

成屋は、天を仰いで（もちろん、ここでは天井であるが）、力強く、こぶしを握りしめ突き出した。「――ん？　花びんが壊れてるぞ」

隆志が一番先に我に返った。

種田が呆気に取られて成屋を眺めているところへ、パッと飛びかかって、その手にかみついた！

ちょっと女の子みたいで、あんまりカッコ良くはないが、この際、そんなことは言っていられない。

「ウッ！」

種田が、不意を突かれて、拳銃を取り落とす。と、添子がすかさず足をのばして、それを遠くへけとばした。

「畜生！」

種田が、見かけからは想像もつかない凄い力で、隆志をはね飛ばす。隆志は、もろに智子の膝の上に落下した。

「キャッ！」

と、智子が悲鳴を上げる。

「また来るぞ！」

種田が、そう捨てゼリフを残して、足早に出て行く。玄関の方で、ワン、と犬の声がして、すぐ車の音が遠去かって行った。

もちろん隆志は猛然とその車を追いかけ——たりしなかった。何しろ命が大切である。

「ああ……」

誰からともなく、声が洩れて、みんなその場にへたり込んで、動けなくなってしまった。

「——どうしたんだ?」

ただ一人、成屋だけがキョトンと突っ立っているのだった……。

そして——やっとみんなが平静に戻ったのは、三十分近くもたってからのことだ。

「——何かしら、あの男?」

と、添子が言った。

「拳銃なんか持ってんだ。まともな奴じゃないよ」

隆志は、まだ床に落ちたままになっている黒い鉄の塊を、ゾッとしたように見やった。

「私、殺されるところだったのね」

と、詩織は、今さらのように実感しているらしい。

「だからよせって言ったんだ。あんな娘《こ》と赤ん坊をここへ連れて来たりするから……」

「私が悪いのね。——そうよ。みんな私のせいなんだわ……」

詩織が、またグスグスと泣き出したので、隆志はあわてて、

「取り消す！　お前のやったことは正しい！　絶対に正しい！」

「本当？」

「ああ！　お前はキリストの再来の如く正しいんだ！」

どこからこんな文句が出て来たのやら。

が、詩織はプーッとむくれた。

「キリストは男でしょ！　私は女よ！」

「ま、かたいこと言うなって」

「だけどさ」

と、添子が言った。「その赤ん坊と母親が、何であんなのに狙われるわけ？」

「俺が知るかよ」

「でも、あの人、『奴ら』とか言ってたわ。他にもいるのかしら？」

と、詩織が言った。

「かもな。——ともかく、こいつは警察へ届けなきゃ。こっちの手にゃ負えないよ」

と、隆志が電話の方へ歩き出そうとしたとき、玄関のチャイムが鳴った。

みんなが顔を見合せる。

「——その、『奴ら』かしら」

詩織が、あまり楽しくない予想を述べた。

9　ぶつかった男

チャイムがくり返し鳴った。

「誰か出なきゃ」

と、添子がしごくもっともな意見を述べる。

「そう言うんなら、お前出ろよ」

と、隆志が言った。

何しろたった今、拳銃をつきつけられたばかりである。また同類のお客が来たのかもしれないと思うと、玄関へ出て行く気にはなれない。

「何よ、あんた男でしょ」

と、添子が隆志をけっとばした。

「いてっ！　男だって、死にたかないよ」

「静かに！」

と、詩織が、大声で（！）怒鳴った。「静かにしてりゃ、留守だと思って帰るかもしれないでしょ！」

その声は、玄関にも当然聞こえていると思われた……。

みんながじっと息を殺していると、チャイムがさらにしつこく鳴って、それから沈黙した。

——すると、

「すまんけどね」

と、成屋が遠慮がちに言い出した。

「何よ、パパ！　静かにして！」

「うん。しかし……。一体何があったんだね？」

なるほど。考えてみれば、成屋はことのいきさつを知らないのだ。詩を完成して、いい気分でリビングルームへ入って来ると、何だかいきなり乱闘が始まって、男が一人飛び出して行き、後には拳銃が残った。

これで事情を理解しろと言われても無理というものだろう。

「今は説明してる暇ないの。ともかく、隅っこの方でおとなしくしてなさい。エサは後であげるから」

まるで犬扱いである。

「しかし——」

「黙って！」

成屋は肩をすくめた。そしてブツブツと、

「庭に誰かいるみたいだ、と言おうとしたのに……」

と呟く。

「諦めたみたいだ」

と、隆志が低い声で言った。

「そうかしら。油断しない方がいいわよ」

と、詩織はそろそろと立ち上り、リビングルームのドアを細く開けて、玄関の方を覗き込んだ。

そのとき――ドカン、と凄い音がしたと思うと、庭の方で、

「ワーッ！」

という叫び声が聞こえた。

みんながびっくりして飛び上る。

「誰かいるわ！」

「だから私が――」

と、成屋が言いかけた。

「静かに！　隆志君、カーテンを開けて！　添子、戸を開けて！　ママ、包丁を持って来て！」

「お前、何もしないいんじゃん」

と、隆志は言いながら、渋々カーテンを開け、「――誰か庭で寝てらあ」

「寝てる？」

「うん」

戸をガラッと開けると、みんな一斉《いっせい》に庭を見下ろした。――確かに、さっきの種田とは全然違

う、かなり太ってコロコロした感じの中年男が、大の字になってひっくり返っている。

「死んでるのかしら？」

と、添子が言うと、それに答えるように、

「ウーン」

と呻いて、その男が起き上り、ブルブルッと頭を振った。

飛び出しそうに大きな目をギョロつかせて詩織たちを眺め、

「おや、生きとったのか」

「そりゃこっちのセリフよ」

と詩織は言い返した。「あんた誰よ？　人の家の庭に勝手に入り込んで——」

「勝手ではない！」

男は、肩をさすりながら、起き上ると、「いてて……。私は、こういう者だ」

と、ポケットから、アイドルスターのテレホンカードを出して見せた。

「ＮＴＴの人？」

「いや、これじゃない！」

と、あわててカードをしまうと、今度は、

「これが目に入らんか！」

と、『水戸黄門』みたいなセリフと共に、警察手帳を出して見せたのだった。

「じゃ、あの種田って男を尾行して来たんですか?」

と、隆志は訊いた。

「そうなのだ。表で様子をうかがっていると、銃声がして、種田が走り出て来た。てっきり中で殺人が起ったものと思って、チャイムを鳴らした。それなのに誰も出んのだから!」

「そんなこと言ったって……」

と、詩織が口を尖らす。「怖かったんだもん」

「一応相手を確かめてから、『留守です』と言えば良かったのだ」

この刑事——名は花八木《はなやぎ》といった。

日本舞踊の花柳とは何の関係もないらしい。

「そんな馬鹿な」

と、隆志がふくれた。「こっちは死ぬほど怯えてたんですから」

「しかし、そのせいで、私は肩を痛めた」

てっきり、中で誰か死んでいると思った花八木刑事、庭に面したガラス戸を破って入ろうと、体当りをして、みごとにはね返されたのだった。それがあの、ドカンという音だったのだ。

「そんなに簡単に壊れませんよ」

と、隆志は苦笑いした。

「しかし、映画でよくそういう場面がある」

かなりいい加減な刑事である。

「でも、刑事さん」

と、詩織が言った。「どうしてあの種田って人を尾行してたんですか?」

「いい質問だ」

と、花八木刑事は肯いて、「しかし、それは業務上の秘密だ」

「そんな! こっちは殺されかけたんですよ。教えてくれたっていいじゃないの。それとも――私の話を信じられないとでも? 私が嘘をついてるって言うんですか? ひどいわそんな!」

たちまち詩織、ワーッと泣き出した。花八木刑事が、大あわてにあわてて、

「おい、泣くな。いい子だから――アメをやるから――」

となだめるのを、隆志はソッポを向いて、横目でチラチラ眺めていた。

「分った、話す! 話すから泣くのをやめてくれ!」

と、花八木刑事は、少し――いや、かなり禿げ上った額を、クシャクシャのハンカチで拭った。

「あの種田というのは、九州の方の、さる大きな暴力組織の幹部の一人なのだ」

「まあ、道理で」

と、母親の智子が言った。「眉毛が太いと思いましたわ」

「ママ、変な感心の仕方、しないでよ。で、どうして東京へ?」

「今、その組織が後継ぎをめぐってもめてるんだ。大ボスが去年の正月、宴会の席で突如死んでしまって――」

「毒でも盛られて?」

「いや、モチを喉に詰らせたのだ」

「はあ……。気の毒に」

「で、後継者を決めていなかったところから、その座をめぐって、組織が二つに割れてしまった」

「分るわ」

と、添子が肯いて、「うちのクラスでも、委員長選ぶのに、同数になってもめたものね」

「次元の違うこと言わないの」

と、詩織は添子をつついた。

「どっちの派にしろ、ボスの座につくには、それなりに大義名分が必要だ。そういう世界だからな」

「それが何か関係あるんですか」

「死んだ大ボスには、娘がいた」

と、花八木刑事は言った。「かなり遅く生れた子で、目の中に入れても痛くないほど可愛がっていたが、その娘が、父親の職業を嫌って家出してしまったのだ」

「はあ」

「二つの派とも、その娘を捜し出して、自分たちが後継者だと名乗ろうとしているのだ。種田が上京して来たのは、たぶん東京に、その娘がいるという情報をつかんだからだろう……」

詩織と隆志は顔を見合せた。

「あ、あの――」

と、詩織は、おずおずと言った。「その娘さん、いくつぐらいの方ですか?」

「今年、十七になるはずだ」

「十七……。で、名前は?」

「啓子、というんだ」

詩織と隆志は、もう一度顔を見合せた。――二人とも、多少、前のときより青ざめていた……。

10　尾行された詩織

あの啓子が、暴力団のボスの娘！

信じられないような話だが、しかし、いくら詩織が、世の中には偶然ってことがあるものだという信念の持主でも、

「年齢十七、名前が啓子……」

しかも、その花八木という刑事の話では、

「その啓子さんって、一人で家出したんですの？」

――これは詩織の質問である。花八木がこんな口をきいたら、気持が悪い。

「いや、この啓子という娘には、いつもボディガードがついていたのだ」

と、花八木が言ったので、添子が、

「凄い！　私なんか誰もついてない！」

と、ねたましげに叫んだ。

「そんなもん、ちっとも楽しくないじゃない」

と、詩織が呆れて、「ボディガードがついてるってことは、いつ狙われるか分んないってこと

なのよ」

「それだっていい！　一度でいいから、ボディガードに囲まれて歩いてみたい！」

「添子はね、大体——」

と詩織がやり出したので、花八木はムッとしたように、

「君らは私の話が聞きたいのかね？　聞きたくないのか、どっちだ！」

「ちゃんと聞いてますよ」

詩織がパッと花八木の方を向いて、「ほらこの通り」

「私も」

と、添子も真顔で言った。

「その——その——ボディガードがだな」

花八木は、息切れしながら言った。かなり疲れている様子である。隆志は多少、花八木にも同情していた。

「そのボディガードが、啓子という娘に同情して、一緒に逃げたのだ！　分ったか！」

「落ちついて下さいよ。血圧、上りますよ」

と、詩織は冷ややかな口調で言った。「そのボディガードの名前は？」

「桜木だ」

「やっぱり。年齢《とし》は四十ぐらい？」

「その通り。奴を知ってるのか？」

「いいえ」

詩織は平然と言った。「全然、見たことも聞いたこともないわ。ねえ、隆志?」

「え?　――あ、うん――でも――」

「添子も知らないでしょ?」

「ええ?　だって――」

「ほら、刑事さん、みんなそんな人のこと、全然知らないわ」

と、詩織はすっとぼけて、「啓子って子のことも知らないわ」

「じゃ、なぜ、種田がここへ来たんだ?」

「トイレを借りに」

「――何だって?」

「車で走ってたら、急にトイレに行きたくなったんですって。で、この家が見るからにトイレを貸してくれそうなので、頼んで来たのよ」

「見るからに……?」

「そう。家には、住む人の性格が出るもんなのよ。この家は、見るからに優しそうで、善良に見えたって」

「そうか。――なるほど」

花八木は、深々と肯くと、「君の言いたいことはよく分った」

「そうでしょ。よく言われるの。お前の話は分りやすいって」

「では、これ以上ここにいてもむだらしいな」

と、花八木は立ち上った。「君の名は？」

「成屋詩織」

「しおり、か。――一つ言っとこう」

「何ですか？　明日の天気予報？」

「天気ではないが、予報には違いない」

花八木はニヤリと笑った。「君がそういう態度に出る限り、君は二、三日中に、本のしおりの如く、あの種田の手でペチャンコにされるだろう。しかし、私は君を一切《いっさい》護ったりせん。君が警察を馬鹿にしている限りは、だ。――分ったか！」

最後に雷を一つ落として、花八木は出て行ってしまった。――と思うと戻って来て、

「玄関はどこだ！」

と、怒鳴ったのだ……。


「俺、明日テスト……」

と、隆志が呟いた。

いや、もうその「明日」になっていた。

ついに、隆志は成屋家で一夜を明かしてしまったのだ。といって、詩織との間に、何かあったわけではない。

居間のソファで、眠っていたのだ。その内、

「コケコッコー」

と時代遅れな目覚し時計の音がして、目が覚め、ハッと起き上って、ねぼけたままで、

「俺、明日テスト……」

と呟いたのだった。

——朝食の席で元気なのは、詩織と、やはりここに泊って行った添子、そして成屋智子。要するに女性陣は元気一杯。隆志と成屋一郎の二人の男性は、くたびれはてて、半ば眠っている状態で朝食を取ったのである。

「——早く出て、家に寄らなきゃ」

と、添子が言った。「学校にこれじゃ行けないもんね」

隆志は、コーヒーをガブ飲みして、「しかも今日はテストだぞ」

「俺だってそうだ」

「でも、私、ゆうべ決心したの」

と、詩織が言った。「啓子さんの気持、いじらしいじゃない。父がヤクザだという宿命を負って生れて来た啓子さんが、幼い命を抱いて、決死の逃避行！　私、断然啓子さんを守ってやるわ！」

「簡単に言うけどさ——」

と、添子が不安げに、「かなり危いんじゃない、そのバイト？」

「命にかえても、守って見せる」

と、詩織が断言する。

「だけど、詩織、お前そんな義理、ないんだぜ、あの娘《こ》に。お前が命落としたら、どうすんだよ」

と、隆志が言うと、詩織は、ちょっと不思議そうに、

「あら、どうして私が命落とすの？」

「だって、お前、今『命にかえても』って――」

「私の命、なんて言ってないわ。もちろん隆志の命よ」

隆志が椅子ごと後ろへ引っくり返ったのは、無理もないことだった……。

ともかく――あれだけの事件があった割には、いつもより早く、詩織は学校へ行くべく、家を出ることになったのである。もちろん、隆志と添子も一緒だ。

「行ってきます」

と、詩織は、ドアを開けようとして、「――あれ？　開かないよ」

「鍵、かけたままじゃないのか？」

「あけたわよ。このドア――外開きなのに。変ねえ」

「俺が押すよ」

隆志が、エイッと両手でドアを押すと、

「ワアッ！」

と、表で声がして、ドアが開いた。

「——まあ」

と、詩織が目を丸くした。

玄関先に転がっていたのは——いや、やっとこ起き上ろうとしていたが——花八木刑事だったのである。

「何してるんです?」

「監視だよ」

花八木は、立ち上ると、伸びをして、「君は警察に対し、隠しごとをしている。従って怪しい人物だからな。目を離さないことにしたのだ」

「怪しいって、私が?」

「もちろんだ。これから私は君をずっと監視する。それがいやなら、何もかもしゃべりたまえ」

詩織は頭に来た。——涙もろいということは、感情に左右されやすく、従って、怒りっぽいということでもある。

「じゃ、どうぞご勝手に!」

と言い捨てて、さっさと歩き出した。

「おい、詩織!」

隆志と添子があわてて追って来る。

「——詩織! 大丈夫、あんなこと言っちゃって?」

「平気よ。徹底的に無視しちゃうから」

と、詩織はカンカンである。

「だけど、相手は刑事だぜ」

「それが何よ！　刑事が怖くてソーセージが食えるか！」

「関係ないんじゃないか？」

――ともかく、三人は足早に朝の道を辿って行く。

それからほんの数メートル遅れて、花八木が。そして、さらに十メートルほど後から、もう一人の尾行者が――いや、もう一匹と言うべきか。

それは、ゆうべ成屋家にやって来た種田の犬だった……。

11　学校は平穏なり

教室内は、異様な雰囲気だった。

といって、校内暴力、教師と生徒の乱闘、対立、といった事態が起っているとか、起りそうというわけではない。

ただ――教室内に異質なものが紛れ込んでいたのだった。

エヘンと咳払いをして、

「ああ――その、本日は、ちょっとした事情から、授業参観の方がおりますが」

と、教師が言った。「ま、みんなあまり気にしないように」

気にするな、って言われても……。

何しろ、女子校の教室の一番後ろに、ドッカと頭の禿げ上った中年男が座り込んでいるのだから、気にするなという方が無理である。

詩織はもう沸騰寸前。――もちろん、教室の後ろの方に陣取っているのは、花八木刑事なのだ。

詩織を監視すべく、学校の教室にまで押しかけて来た、というわけだった。

詩織が頭に来るのも当然であろう。

やたらむかっ腹を立てているときの詩織には誰もかなわない。

「ええと」

四時間目、英文法の教師は、若くてナヨナヨした感じの男の先生だったが、「じゃ、この部分、主語と目的語を入れかえて、文章を作ってみましょう。――成屋君」

みんなが一斉に詩織を見た。詩織は、一分間にほぼ五回の割で、花八木の方を振り返ってにらんでいた。

その内には、振り返っても見えなくなっているんじゃないか、と期待していたのだが、どうも花八木の神経も、そう繊細にはできていないらしい。

「成屋君。――成屋君は？」

と、先生の呼ぶ声、耳にはもちろん入っていた。

しかし、詩織はカッカしていたのである。何も悪いことしてないのに、どうして刑事に監視されてなきゃいけないのよ！

そして、怒るとなると、もう詩織の怒りは、あらゆるものへ向けられるのである。

「成屋君」

と、もう一度先生に呼ばれると、詩織の怒りは頂点に達した。

どうして私があてられなきゃいけないの？

何も悪いことなんかしてないのに！

もう、理屈じゃないのである。

詩織は、椅子をけってパッと立ち上ると、

「はーい！」

と、馬鹿でかい声を出した。「何ですか、先生！」

教師の方は、たじたじとなって、

「あ、あの——」

「呼んだんでしょ！　呼んだからにゃ、何か用があったんでしょ！　だったら言いなさいよ！　何だってのよ！」

段々声のボリュームと周波数は上り続け、クラス中の子が唖然として、詩織を見つめていた。

「い、いや結構です」

と、教師はなだめるように、「どうぞ——お座り下さい、はい」

「用もないのに、気安く呼ばないでください！」

「すみません」

と、教師の方が謝っている。

ところで、詩織のいる教室は、校舎の二階。窓からは、町中のこととて、大して広いとも言えない校庭が見下ろせる。

詩織は窓際の席ではないので、座っていたのでは校庭に目が行かないのだが、今、立ち上って、座ろうとした拍子に、ふと校庭に目をやると——。

誰かが詩織の方に手を振っている。

「あ！」

と、思わず詩織は声を上げた。

校庭に立って、校舎の方をニコニコしながら見上げているのは、あの啓子だったのである。

花八木も、さすがに刑事で、その詩織の声でハッと立ち上ると、

「何だ！」

と、窓際へと駆け寄った。

詩織は、窓の方へ駆けて行くと、

「啓子さん！　逃げて！」

と、怒鳴った。

「待て！」

と、花八木が怒鳴った。「警察の者だ！」

「逃げて！」

「待て！」

並んだ窓から交互に怒鳴っているのだから、下にいる啓子の方が呆気に取られるのも、無理はない。

と——詩織は、大きな外車が、校庭へ乗り入れて来たのに気付いた。あの車は、確か……。

「種田よ！」

と、詩織が怒鳴った。「逃げて！」

啓子もハッと振り向く。

外車は、校庭を一気に突っ切って来た。

走り出した啓子を、急ハンドルを切って追いかける。

校庭は、時ならぬ追いかけっこの場となってしまった。

「危い！」

詩織は、とてもじっとしていられなかった。

「エイッ！」

とかけ声をかけると、窓から外へ飛び出した。

いや、スーパーマンじゃないから、飛び出したといっても、いったん両手で、窓のへりからぶら下り、手を離したのである。

ちょうど真下に、種田の車が——。

ドン、という鈍い音と共に、詩織は屋根にバウンドして、転がり落ちた。

幸い、足も痛めていない。すぐに立ち上って、啓子の方へ、

「校舎の中へ！」

と叫んだ。「通り抜けるのよ！　ついて来て！」

「分ったわ！」

啓子が詩織の指す方向へと走り出す。二人が校舎へ駆け込むと、

「おい！　待て！」

花八木が、やっと詩織の後を追うために、窓のへりに腰をおろし、飛びおりようとしていた。

「何してんの、早く行けば?」

と、そこを添子が突いたから、

「ワーッ!」

と悲鳴を上げつつ、花八木は落っこちた。

ゴーン、という変な音がした。

また種田の車が下にいて、花八木はその屋根へ、頭から落っこちたのである。

いかに丈夫な車でも、花八木の石頭にはかなわなかったらしく、屋根はペコンとへこんでしまった。

その代り、花八木も、もちろん気絶してしまったのだが。


「――花子が?」

啓子は、詩織の話に青ざめた。

「そうなの。――申し訳ないわ」

詩織の涙腺は、早くも活動の準備を始めていた。

二人して、学校の裏手から、細い道を右へ左へと駆け抜けて――その辺は、詩織、お手のものである。

やっと、もう大丈夫、という所まで来たのだったが……。

「あなたに頼まれながら、こんなことになってしまって……」

と、詩織が、今正にワーッと泣き出そうとしたとき、

「大丈夫！」

と、啓子が、元気のいい声を出した。

「――え？」

「花子が、もし種田たちに連れられて行ったのなら、私をあんな風に追い回す必要ないわけだし、それに花子は運の強い子なの」

「そう？」

「大丈夫！　きっと元気にやってるわ」

啓子はポンと詩織の肩を叩いた。「ね、あなたも泣かないで、元気出して」

「ありがとう……」

どうも妙な具合である。

「それより、あなたのお宅に、すっかりご迷惑かけちゃったわね。ごめんなさい」

「いいのよ、そんなこと」

と、詩織は言った。「でも、啓子さん、あなた、今、どこにいるの？」

「友だちの所なの。まだ、色々やらなきゃいけないことが残ってて」

「やらなきゃいけないこと？」

「うん」

と、啓子は肯いて、「二、三人、殺さなきゃいけないのよね」

と言った。

詩織は、ただ目をパチクリさせて、

「じゃ、また」

と、手を振って立ち去って行く啓子を見送っていたのだった……。

12　悩みは深し

私は一体何をしたのかしら？

詩織は自分へ問いかけていた。――私は正しいことをしたはずだ。

そう。啓子をかくまったことだって、種田の正体を見破ったことだって、そして啓子を連れて種田の追跡から逃げたことだって。

それなのに――それなのに、この空しさは何だろう？

この、お腹の中の空しさは……。

「あ、そうか。お弁当、食べてなかったんだ」

詩織は、ついに、「答え」を発見したのだった。

「――でもさ、詩織」

と、添子が一緒にお弁当を食べながら言った。「その、啓子って子の言った、『二、三人殺さなきゃ』って、どういうこと？」

「しっ！」

と、詩織は、鋭い目で後ろを振り返った。

教室の中には、異様な匂いが立ちこめていた。——いや、異様といっても、至ってなじみの深い匂いである。

花八木刑事が、教室の一番後ろに、まだ陣取っていて、出前のラーメンを食べているところだったのだ。

「あの刑事さんも、よく頑張るわね」

と、添子が笑いをかみ殺しながら、「頭にあんなコブ作ってまで……」

花八木は、種田の車の屋根に頭から落下して、みごとなコブを作っていた。そこでグルグル巻きに包帯で頭を巻いて、翌日、再び教室へ現れたのである。

「車の方はどうしたのかしら?」

と、添子は言った。「屋根、へこんでたじゃない」

「きっと包帯巻いてんじゃない?」

と、詩織は言った。

「でも、啓子って子、誰を殺すの?」

「聞いてないわよ」

「分んないわねえ。ヤクザの手から逃げて来て、どうして人を——」

「私が知ってるわけないでしょ」

と、詩織も少々不機嫌である。「きっと、見かけによらず、殺人鬼なのかもしれないわ」

「殺人鬼?」

「満月の夜になると、オオカミに変身して、美女――いえ美男を襲うのかも」

「まさか！」

「ともかく、分んないの」

詩織も、実は不安だった。

命をかけて守ってやろうという相手が殺人狂、というのでは、少々空しい話である。

「――やれやれ」

ラーメンを食べ終った花八木が、立ち上って、器を出しに教室を出て行った。

「何か、ああいう後ろ姿って、侘しいわね」

と、添子はしみじみと言った。「あの人だって、昔からああだったわけじゃないでしょうに」

「そりゃそうでしょ」

小学生のころから、あんな風だったら、気味が悪い。

「人間、疲れて来るのね、あれぐらいの年齢《とし》になると……」

添子は、すっかり考え込んでしまっている。

詩織は、お弁当を食べ終って、席を立った。

――花八木は、どこかでタバコでもすっているのだろう。

午前中の授業のとき、タバコに火をつけて、

「灰皿はないのか」

とやったので、教室中が大騒ぎになってしまった。

結局、タバコをすうなら、廊下へ出てくれということになったのである。

詩織は、校庭に出て、ウーンと伸びをした。

校庭に出て遊んでいる子は、あまりいない。

大体が、ぶらぶら歩くぐらいの広さしかないのだ。で、詩織も、ぶらぶら歩くことにした。

「ワン」

「何よ、添子」

と、詩織は振り向いたが――添子の姿はなかった。

考えてみれば、添子がなぜ「ワン」と鳴くのだろうか?

「ワン」

足下へ目をやると、犬が一匹、詩織を見上げていた。

「あ、お前――」

と、詩織は目をみはった。「種田の犬じゃないの。スパイしに来たのね? そうでしょう! 白状しろ!」

そんなこと言っても無理ですよ、とでもいう顔で、犬は、また、

「ワン」

と鳴いた。

「たまには『ツー』とか『スリー』とか鳴いたら?」

犬が、トコトコ歩き出し、ちょっと振り向く。――どうやら、ついて来い、と言いたいらしい。

「私に用？　——怪しいな」

「ワン！」

「だって、お前は、種田の犬じゃないの」

しかし、犬の方は、詩織の不信の念など一向に構うことなく、またトコトコと歩いて振り向く。

「分ったわよ」

と、詩織は肩をすくめた。「ついてきゃいいんでしょ」

犬は、学校の裏門から外へ出た。

「休み時間に、勝手に外へ出ちゃいけないんだぞ」

と言いながら、もちろん詩織は外へ出る。

「——どこへ行くのよ？」

犬は、詩織もあまり知らない道を辿って行く。——少々不安になって来る。

一人で来るんじゃなかった、と、チラッと考えたが、しかし、ここまで来て、引き返すわけにもいかない……。

「ワン！」

犬が、足を止めて、急に鳴いた。

「どうかしたの？」

——ちょっと寂しい場所、といっても、こんな町の中に、人里離れた林があるわけもなく、そこは鉄骨の林——建設中のビルの工事現場だった。

工事が中断されているのか、働いている人の姿はない。

こんな所に、何の用で呼び出したんだろう？　詩織は、充分に用心して、歩いて行った。

犬は、その工事現場の奥の方へと入って行くのである。

「ちょっと！　——ねえ、どこに行くのよ！」

何しろ足下が危くて仕方ないのだ。やたらに鉄材やら木の折れたのが転っていて、下を見て歩かないとつまずいてしまいそうだ。

「ねえ、こら、犬！」

何か名前はあるのだろうが、その犬が見えなくなってしまった。

「どこなの？　一声、『ワン』とやってよ」

詩織は、足を止めた。

あの音は？　何だろう？

ギリギリ……。何だか、特大の歯ぎしりみたいな音が、頭上から聞こえて来た。

鉄骨が三階ぐらいまで組んであり、その上から、何かが下りて来た。

ゆっくり、ゆっくりと……。それは、人だった。

落ちないのは、何かにぶら下っているからで、どうやら、それは太い鎖らしい。

詩織は、後ずさった。

あれ……。あれは……もしかして……。

ガクン、と鎖が止った。

「――種田だわ」

と、詩織は呟いた。

種田だった。間違いない。

鎖が体に巻きつけられて、逆さまにぶら下っているのだ。そして――種田は死んでいた。

赤いシャツを着ているのかと思ったが、そうではなく、血に染っているのだと分った。

殺されたのだ！

さすがに、詩織も、突然のことでガタガタ震え出した。

種田がなぜ？　誰に殺されたのか？

詩織が、二メートルほどの所でぶら下って揺れている種田の死体を見上げて、身動きできずにいると、

「――何をしとる」

と声がした。

「キャーッ！　お化け！」

詩織は飛び上った。

「私がどうしてお化けだ！」

花八木だった。「ちゃんと尾行して来たのだ。私の目を逃れられると思っているのか？」

「あ、あれ……」

「何だ？　人に振り向かせて、その隙に逃げようったって、そうはいかんぞ」

「見なさいよ！」

「何を？」

と、花八木は、詩織の指さす方へ目をやった。「誰だ、あそこで遊んどるのは？　ふざけるのもいい加減に……」

「死体よ！　本物の！」

と、詩織は叫んだ。「早く一一〇番！」

だが、花八木はその場にズデン、と引っくり返ってしまった。どうやら気を失ったらしい……。

13　斧とハンマー
「神妙にしろ!」

と、花八木は言うなり、詩織の手首に、ガシャッと手錠をかけた。

「な、何するんですか！」

と、詩織が顔を真赤にして、「私は無実よ！　潔白だわ！　健康診断だって、何も言われなかったのよ！」

「分った、分った」

花八木は、鍵を出すと、詩織の手から手錠を外した。

詩織、キョトンとして、それからムッとした。

「そんなに簡単に外すくらいなら、どうして手錠かけたりするんですか！」

とかみつくと、

「いや、一度かけてみたかったのだ。TVみたいに、パッと容疑者の手首をつかんで、カシャッてことは、めったにないからな。まあ、その練習だ」

「勝手に練習しないで下さい！」

詩織が怒るのも無理はあるまい。

ここは——殺人現場。種田が殺されて鎖でぶら下げられていた、工事中のビルである。

一度は気を失った花八木だったが、詩織にけっとばされてさすがに目を覚まし、もう一度けられてまた気を失いかけたが、辛うじて立ち直った。そして、すぐに警察へ連絡、今は、パトカー、救急車、その他で、現場はごった返していた。

特に、事件を聞きつけた、詩織のクラスの女の子たちが、一斉に駆けつけ、他のクラスもそれにならったから、ついには、道が女子学生で一杯になってしまった。

先生たちがやって来て、

「何をやってるんだ！　授業は始まっているんだぞ！」

「教室へ戻りなさい！」

と、声を張り上げても、一向に生徒たちは動かない。

そして、先生の方もその内、

「早く、教室へ戻れ！　おい！　そこをどけ！　よく見えん！」

てな具合で、野次馬の数はふえるばかりだった。

種田の死体は、ゆっくりと地上へおろされた。

「——鋭い刃物で一刺しだな」

と、やって来た検死官が言った。「発見者は？」

「私です」

と、詩織は言った。

「君が見付けたとき、被害者はまだ息があったかね?」

「上の方にぶら下ってたのに、分るわけないじゃありませんか」

「それは分っとる。ただ、決りでこう訊くことになっとるんでね。お役所のことだから、まあ我慢してくれ。——死体に手を触れたかね?」

「だから、上から——」

「分っとる! これも決りなんだ。次に、今夜のおかずは?」

「だから、上から——。何でそんなこと訊くんです?」

「ただの冗談だ」

かなりおめでたい検死官のようである。

「どうだね?」

と、花八木が、やって来て、「死後どれくらいだ?」

「まだあまりたっていないな。見付ける直前にやられたんだろう。凶器は見当らないようだが……」

「女の力でもやれるか?」

「鋭い刃物だ。ほとんど力はいらない」

「この娘でも?」

と、詩織を指さす。

「もちろんできる」

「あのですね――」

「第一発見者が犯人という確率は非常に高いんだ」

と、花八木は言った。

「その通り」

と、検死官も肯いて、「じゃ、これでも逮捕しとけば？」

「ちょっと！」

詩織は頭に来た。「あんた、私のことを学校からずっと尾行して来たんでしょ！」

「そうだ」

「だったら、私がいつ種田を殺せたのよ」

「うむ」

と、花八木は腕組みして、「いいところに気が付いた」

「誰だって気が付くわよ！」

「そこに気付かれては仕方がない。他に捜そう」

ひどい刑事もあったものだ。

「はい、ちょっとどいて」

と、声がした。

種田の死体を運び出すのである。布で覆われてはいるが、白い布に、赤く血がにじんでいるのが、却って無気味だった。

ワーワーキャーキャーやっていた生徒たちも、さすがに、一瞬シンとしてしまった。

すると——。

「クン、クン……」

あの種田の犬が、それについて歩き出したのである。主人の死体なのだから、当然とも言えるが、しかし、その光景は、殺伐とした殺人現場の中にあって、涙を誘うものだった。

涙とくれば……。これはもう、どうしようもない。

並の女の子でもそれを見て涙ぐむのだ。詩織は、といえばもう……。


「で、何だって？」

と、隆志は言った。「お前、その犬、連れて来ちゃったの？」

「うん」

「ワン」

と、種田の犬が、詩織の足下で鳴いた。

「お前ねえ……」

隆志は言いかけてやめた。むだだと分っていたし、それに、飼うのは詩織で、隆志ではない。

成屋家の居間。——今夜は、刑事も飛び込んで来ないで、平和だった。

夕食が終り、犬も、あれこれもらって、満腹になったのか、気持良さそうに、寝てしまった。

「飼主は憎らしかったけど、犬には罪がないものね。人を憎んで、犬を憎まず、だわ」

「ちょっと違うんじゃないか？」

「いいのよ。——でも、どうして種田が殺されたのかしら？」

「そりゃ、奴は暴力団の顔役なんだろ？　色々敵もいるさ」

「それにしても……。あんな風に、鎖でぶら下げるなんて」

思い出してもゾッとするらしく、詩織は身震いした。

「大変だったわねえ」

と、母の智子が、お茶を出してくれる。「隆志君も気を付けてね」

「はあ……」

何だかよく分らないが、隆志は、自分が鎖で逆さにぶら下げられているところを想像して、やはりゾーッとした。

「誰か来たみたいね」

と、智子が、玄関の方の物音を聞いて、言った。

と——ドン、と凄い音がして、家が揺れた。

「キャッ！」

詩織はソファから落っこち、テーブルから茶碗が落っこちる。

「な、何だ？」

と、隆志が目を丸くした。

すると、ドカドカと足音がして、男が四、五人、居間へ入り込んで来たのである。

「――いらっしゃいませ」

と、智子は、言った。「どちらさまで」

一番偉いと思われる男は、白いスーツに黒のネクタイ、がっしりした体つきで、丸坊主だった。人相も悪い。「ヤクザです」と絵にかいたような顔をしていた。

そして他に三人。こちらは黒のスーツに白のネクタイ。やたら体がでかくて、何だか天井まで届きそうなのも一人いた。

そして、手に手に、斧だのハンマーだのを下げている。

「成屋詩織ってのはどいつだ」

と、白いスーツが言った。

びっくりするほど、ドスのきいた声――ではなく、やたらテノールの、可愛い声だった。

「あの――私ですけど」

と、詩織は言った。「何かご用ですか」

「そうか。――お前か」

と、白いスーツは言うと、そばの男から、大きな斧を受け取り、ヤッと振り上げたと思うと、テーブルの上に振りおろした。

バン！

一撃で、テーブルは真二つになる。

男はニヤリと笑って、

「いい木が使ってあるな」

と言った。

「あなた、家具屋さん?」

と、詩織は訊いたのだった……。

14　破壊の朝

「ほう」

と、白いスーツの男は、詩織の言葉を聞いて、ちょっと意外そうに、「俺のことを知ってるのか？」

これには、隆志もびっくりした。

「本当に家具屋さんなんですか？」

家具屋というのは、普通、家具を売ったり、作ったりするもので、家具を壊す家具屋というのは聞いたことがない。

それとも、壊しておいて、新しいのを売り付けるという、「押売り」的な家具屋なのだろうか？　どっちにしても、あまり聞いたことがない。

「俺は和也というんだ。姓は三船、名は和也」

和也と家具屋じゃ大分違う。

「どうしてテーブルを壊したの？」

と、詩織がまた大胆に質問する。

「おい……」

隆志が、やめとけ、というようにウインクして見せる。

「何よ、隆志、こんなときにウインクして。愛を打ちあけるのなら、時と場所を考えなきゃ」

誰がこんなときに愛の告白をするんだ！

「——お前の所に、種田の奴が来たそうだな」

と、その白いスーツの三船という男は言った。

「お知り合い？」

「古い付き合いだ」

「そうですか」

と、詩織の母、智子が肯いて、「どんな人にも、友だちってあるものですのね」

「全くだ。俺と種田は、互いに殺してやりたいくらいの仲だったんだぜ」

と、三船はニヤついた。「種田の奴を片付けてくれたそうだな。礼を言うぜ」

「私じゃないわよ」

と、詩織は言った。

「一つ、訊くぜ。それに答えてくれりゃ、この家は無事だ」

「お札でも貼ってくれるの？」

「啓子はどこだ？」

また来た！　詩織はため息をついて、

「私、知らないわ。そりゃ一度はここにいたけど、出て行って、それきり――」

「そうか。言いたくないのか」

「知らないって……」

三船が、手にした斧を振り上げると、今度は、ソファの一つの上に振りおろした。ガンと音がして、ソファが二つになった。しかし、とても一つに一人は座れない。

「もう一度訊く。啓子は?」

「知らないってば!」

白のスーツの後ろに控えていた黒のスーツの三人の内、一番の大男が、居間の壁に寄せて置いてあるサイドボードの方へ歩み寄ると、

「ヤッ!」

とかけ声をかけ、両手で、重いサイドボードを持ち上げてしまった。

当然、上にのせてあった小物の類は、床へ落下する。さらに、サイドボードそのものも、

「エイッ!」

という声とともに、真逆さまに投げ落とされた。

中の人形や、高い陶器の類が、粉々に砕ける音がした。

「今度答えねえと……」

と、三船が言った。「この家そのものが消えてなくなるぜ」

詩織は、ため息をついた。

「――分ったわ」

「ほう。というと?」

「教えるわ、啓子さんの居所を」

隆志がびっくりして、

「詩織、お前――」

「私の学校の裏手に、寮があるわ」

「そこにいるのか?」

「ええ、そこの二〇四号室に」

「よし、分った。――嘘だったら、ただじゃおかねえぞ」

三船は、三人の子分を促して、「行くぞ! 邪魔したな。ゆっくり寛《くつろ》いでくれ」

と言い残して、出て行った。

車の音が遠去かると、隆志は恐る恐る、玄関の方へ出てみた。

玄関のドアが、ぶち破られ、惨めな姿をさらしている。

「――ひどい連中!」

と、詩織もやって来て、憤然とした。

「お前、それより、啓子って子の居場所を、どうして黙ってたんだ?」

「言ってどうなるの?」

と、詩織は肩をすくめた。「私たちの家庭科の先生の部屋なんか」

「家庭科の先生？」

「加藤啓子。もうすぐ六十のおばちゃんよ」

隆志が青ざめた。

「じゃ、お前……。それを知ったら、あの連中がどうすると思ってんだよ！」

「だって、そうでも言わなきゃ、この家を壊しちゃいそうだったんだもん」

「言ったって、もっとひどく壊されるぞ」

「分ってるわ」

「ど、どうするんだ？」

「連中が戻って来る前に逃げるのよ！」

詩織は、いきなり、居間へと駆け戻って行った……。


「——こんなときに、何の役にも立たないんだから！」

と、詩織がなじると、花八木は、

「私も人間だ！」

と、言い返した。「人間には、睡眠というものが必要なのだ！」

「あら、そう。知りませんでしたわ！」

と、詩織が言い返す。「ともかく、我が家は哀れ、あとかたもなく……」

朝になっていた。

詩織たちの一家は、隆志の家に泊ることにしたのである。そして朝になったら、詩織を捜して、花八木刑事が隆志の家へやって来たのだった。

「――保険には入っていなかったのか？」

と、花八木は言った。

「ワン」

と、例のもと種田の犬が、吠える。

詩織と隆志、それに花八木と犬の四人――いや三人と一匹が、詩織の家がどうなったか、見に行くところである。

「そいつは、種田と対抗していた一派の幹部の一人だよ」

と、花八木が、三船のことを聞いて言った。

「もとは木こりなんですか？　やたら斧を振り回して――」

「いや、あれは昔ＴＶでやった『アンタッチャブル』というギャングもので、ＦＢＩがギャングのたまり場を手入れするときに、斧でガンとやるのを見て、真似してるんだ」

「つまらないことを真似する人ね」

と、詩織は言った。「この次は、家にバズーカ砲でも置いとかなきゃ」

「おい、詩織！」

と、隆志が言った。

詩織の家が見えた。それは哀れな残骸にはなっていなかった。そのままだったのである……。

「気が変ったのかもね」

と、詩織は、学校へと急ぎながら、添子に言った。

「物騒ねえ。ゆうべはいなくて良かった」

添子は、ホッと息をついて、「それにしても、啓子って子、よっぽど大物なのね」

「でもね、もしかして種田を殺したのが、あの子だとすると……。もちろん、あんな奴、自業自得だとは思うけど」

「あのおじさんは？」

「おじさん？」

「ほら、詩織を人質にした、桜木とかって、おっさん」

「そう……そうか！」

詩織は、校門を入りながら、飛び上った。「あの人、今どうしてるのかしらね！　もし保釈にでもなってたら、種田を殺したのも、あの人かもしれないわ」

「考えられるね」

「考えられる」

と、二人のすぐ後ろで声がした。

もちろん花八木である。

「ね、刑事さん。あの人が今どうしてるか、分らないの？」

と、詩織は振り向いて言った。

「保釈になっとる。ちゃんと調べた」

「教えてくれりゃいいのに」

「職業上の秘密だ」

と、花八木がもったいぶる。「ともかく、今、行方を……」

「人が集まってる」

と、添子が言った。「何だろうね」

「行ってみよう!」

詩織の好奇心は誰にも負けない。しかし、このときばかりは……。

行ってみて唖然とした。

校庭に、古ぼけた家具だの布団だのが山になっている。詩織はそばの子に、訊いた。

「どうしたの?」

「ゆうべ、何だか、学校の寮が壊されちゃったんだって。みんな命からがら逃げ出したらしいわよ」

では——三船たちは、「寮」の方へ仕返ししたのだ!

15　守り神

「本当に……」

と、その女性は、涙ぐんでいた。「私が何をしたっていうの！」

「あんたの気持はよく分る」

と、花八木刑事が慰めている。「まあ、人生には色々なことがあるものだ。これもいい経験だと思って――」

これが、二十歳《はたち》かそこらの女性に言って聞かせているのなら、まあ良かったのである。

だが、相手は加藤啓子。――同じ「啓子」でも、詩織の家から姿を消した啓子とは少々年齢差があって、やがて六十歳になろうという、家庭科の教師だったのである。

つまり、慰めている花八木よりも年上なのだ。誰だって、年下の人間から、

「これもいい経験だよ」

なんて慰められたら、いい気持はしないだろう。

この加藤先生も、やはり人間が出来ているとはいえ、プライド低からず、

「大きなお世話です！」

と、花八木をにらみつけて、ピシャリとやった。「私は充分に『いい経験』をして来ましたよ！」

ツン、として、行ってしまう。花八木は、ため息をつくと、

「全く、どうして人間というのは素直になれないものなのだろうか」

と、独り言を言った。

ギャハハ……。笑い声が、花八木の背後で上った。花八木がキッとなって振り向くと、詩織がピタッと口を閉じて、あさっての方を向く。

「笑ったな！」

と花八木が詩織をにらんだ。

「いいえ。空耳でしょ」

「まあいい……。三船が、君の言ったことがでたらめだったと知って、どうするか、楽しみだな」

花八木は口笛など吹きながら、校庭を歩いて行く。

「――大人げないわねえ、二人とも」

と、見ていた添子が呆れている。

今日は一日、学校での授業が中止になったのである。

何しろ、寮が叩き壊されちゃったのだから、大変な騒ぎだ。

寮には、古くからこの学校にいる先生たちや、事務員、用務員、それに、遠方から入学してい

る生徒も何人か入っていた。

「さぞびっくりしたろうね……」

と、添子は言った。

「うん」

と、詩織は肯いた。

二人は、校庭を出て、学校の裏手に回って行った。——そこには、寮が、今はただの木材の切れはしとなって、山をなしていた。

やっとブルドーザーやトラックがやって来て、片付けが始まっている。

数人の証言を総合すると、誰やら男たちが加藤啓子の部屋のドアを、斧でぶち破って、中へ入った。そしてすぐに、「啓子違い」だと分ったのだろう（一目見りゃ、分って当然だが）、顔を真赤にして飛び出して来ると、次々に寮の部屋のドアを叩いて回り、全員が仰天して起き出して来ると、

「十分以内にここから出ろ！」

と、命じたらしい。

一一〇番しようにも、予《あらかじ》め電話線は切られており、みんな仕方なく、貴重品を持って逃げ出した。中には、家具まで運び出した怪力の者もいたらしい。

きっかり十分後、ガタガタと音がしたと思うと、いきなり、大きなクレーン車が現れ、その太いアームで、寮をぶっ壊し始めたのである。——もともと、かなり老朽化していた木造の建物は、

たちまち崩壊した……。

「詩織……」

と、添子が、詩織の肩に手をかけた。「元気出しなよ」

「うん……。でもね、やっぱり――」

「お腹空いてるのは、分るけどさ」

詩織は、添子をにらんで、

「誰がお腹空いたなんて言った？　私はね、自分のせいで、寮が壊されたと思って、悩んでるのよ」

「でも、仕方ないじゃない。壊れちゃったものは元に戻らないんだし。それに、もう建て替える時期だったもん」

「それもそうね」

詩織は、コロッと明るくなって、「じゃ、私、いいことをしたのかもしれないわね！　感謝状くれるかしら？」

「どうかしらね、それは……」

添子も、詩織の変りようには、なかなかついて行けなかった。

「――問題は、あの三船ってのが、どう出て来るかよ」

と、詩織は、校舎の方へと戻って行きながら、「うちも危いわね。寮をぶっ壊しちゃうぐらいだから、うちなんか」

「アッという間ね」

「変なこと、請け合わないでよ」

と、詩織は顔をしかめた。


しかし、ともかくその日、学校から戻ってみても、詩織の家は、無事だった。

気が変ったのかしら？　それとも、これから来るのか。

「——ただいま」

と、家へ上った詩織は、結構上機嫌であった。

別に、家が壊れていなかったから、というわけではない。花八木が、今日は昼ごろからいなくなってしまったのである。

「お帰りなさい」

と、母の智子が台所に立って言った。

「今日は、あのできそこないの刑事がいなかったの。いい気分だったわ」

と、詩織は言った。

「あら、そう」

「やっぱり、あの手の顔は、動物園にいるべきだわ。人間とは思えないもの」

「そう」

「でも、チンパンジーやオランウータンも、拒否するかもしれないわね。俺たちを、こんな奴と一緒にするな、って」

と言って、詩織はハハハ、と笑った。

「そうか?」

「そうよ」

他の声だった。母の声にしては、いやに男っぽい声で——そう、あの「変な刑事」の声に似ていた……。

「あら」

詩織は、目の前に、当の変な刑事が立っているのに気付いた。「何してるんですか、こんな所で?」

「調査のために、やって来ると、君の母親が、夕食でもどうぞ、と強くすすめてくれたのだ。断るのも却って失礼に当る、と思ってな」

花八木はニヤリと笑って、「人間とは思えないかもしれんが、一応、人間と同じエサを食べるのだよ」

「そうですか……。良かったですね」

花八木が居間へ戻って行くと、詩織は頭に来て、

「ママ! いるならいるって言ってくれりゃいいでしょ!」

「だって、お前が一人で、勝手にしゃべってるから……。いいじゃないの。人間、正直が一番だわ」

呑気な母親なのだ。

――かくて夕食の席は、成屋一家の三人と、それに犬、花八木の五人になった。

「この犬にも名前が必要ね」

と、詩織は、言った。「お前、何て呼ばれてたの？」

「ワン」

「ワンか。でも、『ワン』じゃ、お前を呼んでるとき、他の人が変に思うでしょうね」

「じゃ、『犬』にしたら？」

と、母親。

「『ワン』がだめなら、『カン』とか『コン』とか……」

と、父親。

「『花』はどうだ」

と、花八木も加わる。

「もう！　真面目にやってよ！」

と、詩織は頭へ来た。「大体、あんた刑事でしょ？　公務員でしょ？　――人の家で勝手にご飯食べるなんて！」

「勝手ではない。私はこの家の守り神なのだ」

何だか薄汚れた守り神だ。

「どの辺が？」

「つまり、私がここにいれば、三船も手を出さない。さもなくば、この家はとっくにスクラップと化していただろう」

「あんたのほうがよほどスクラップ」

と、詩織が口の中で呟く。「――でも、あの桜木っておじさんは、どうしてるの?」

「今、調査中だ」

と、花八木は胸を張った。「ここにいれば報告が――」

ガタガタと家が揺れた。

「地震よ!」

と、詩織は叫んだ。

16　大乱戦

詩織も、この物語のヒロインとして（ヒーローみたいだ、という声もあるが）、かなり勇敢で、少々のことでは、真青になったりしないという性格にはできているが、しかし、何といってもう ら若き、十七歳の乙女である。

あら、女の子だったの？　――こう訊く読者がいたら、詩織にぶっとばされるのを覚悟しなくてはならない。

詩織にだって、怖いものというのはある。たとえば数学。特に微分積分、物理の法則類全般、ニンジン、雷、そして――地震。

突然、家がガタガタ揺れ始めたので、詩織は青くなった。

「地震よ！　隠れて！　外へ飛び出しちゃいけないわ！　家の中にいたら潰される！」

「じゃどうしたらいいの？」

と、母親の方は至って落ちついている。

「だって、こんなに――」

と言っている内に、地震はピタリとおさまった。

詩織は、ああやれやれと息をついた。

「全くもう！　揺れるなら揺れるで、ちゃんと先に挨拶ぐらいするものだわ」

と、無茶なことを言っている。

「——あら」

と、母の智子が言った。「あの刑事さんは？」

そういえば、花八木の姿が見えない。

と、詩織は周囲を見回して、「地震で、地割れの中にでものみ込まれたのかしら？」

「どうしたのかしら？」

「家も壊れてないのに？」

と——食卓の下から、何やらモゾモゾと動くものがあった。

「キャッ！」

と、詩織は跳び上がって、「お母さん！　テーブルの下に！　ゴキブリ！」

「こんなでかいゴキブリがいるか！」

と、その「ゴキブリ」は怒鳴った。

もちろん、花八木である。

「何よ、だらしない！」

と、自分のことは棚に上げて、詩織は言った。「そんな所へ隠れて」

「隠れていたのではない。——逃げ道を捜していたのだ」

と、花八木は立ち上った。

詩織が、また何か言ってやろうとしたとき、

「――おい！　どうだ！」

と、でかい声が玄関の方から聞こえた。

「あの声――三船だわ」

と、詩織が言った。

「面白かったろう！　今度は家を逆さにしてやるぞ！」

詩織と母は顔を見合せた。――父親は？

もちろん、一緒にいたのだが、この詩人は、新しい詩の構想を練っているときは、何があってもだめなのである。

「じゃ、今の地震は？」

詩織は、あわてて、窓の方へと飛んで行った。「――ママ、見て！」

家の前の狭い道に、よく入ったと思うような、大きなクレーン車が停っていた。

三船が、ヒョイと窓の前に顔を出したので、詩織はあわてて後ろに退がった。

「――よう、よくも俺たちを騙してくれたな、ええ？」

「あ、あの――」

「あの古ぼけた寮の方は、中の奴を逃がしてからぶっ壊してやった。しかしな、お前たちは別だ」

「じゃ、逃がさないで壊さない、ってこと？　それなら助かるけど」

「半分だけ正解だ。一歩でも外へ出ようとすりゃ、撃ち殺す」

「あ、そう」

「中で布団にでもくるまってるんだな。今、俺の手下が、この家の四隅にロープをかけてる」

「まだ引越しの予定はないんだけど」

「なに、よそへ持ってきゃしねえ。これで逆さに引っくり返すだけだ」

三船はニヤリと笑った。「ま、ジェットコースターでも、こういう気分は味わえないぜ。楽しみにしてな」

さすがに詩織も焦った。家が逆さにされたんじゃ、二階に行くのが大変だ！

「ちょっと！」

と、食堂へ駆け込むと、「刑事さん！　ほら、何とかしてよ！　あんた、ここの守り神でしょ！」

「分っとる！」

花八木は、ぐっと胸をそらして、「すぐ一一〇番しよう」

と、電話の方へ駆け寄った。

「もう、だらしない！」

と、詩織はかみつきそうな声を出したが、

「いや、勇敢と無謀は別だ。——もしもし。——もしもし」

花八木は顔をしかめて、「何だ、この電話は？　料金を払っとらんのじゃないのか？」

「冗談言わないで！」

詩織は、受話器を引ったくって、かけ直そうとしたが……。「だめだわ。全然、音がしない。

——きっと電話線切られちゃったんだわ」

「そうか！　こうなっては仕方ない」

花八木が、渋々覚悟を決めたのか、玄関の方へと出て行った。

「——困ったわね」

と、さすがに呑気な智子も、不安げである。「そうと分ってりゃ、お掃除なんかするんじゃなかったわ」

父親の方は、じっと目を閉じて、眠っているわけではないが、ともかく、いい詩が思い付きそうなのだった。

「お前ら！　神妙にしろ！」

玄関の方で、花八木の声がした。「この警察手帳が目に入らんか？」

——へえ、なかなかやるじゃないの、と詩織は思った。

相手の方も静かになったようだ。さすがに、刑事がいるのでは、今日は引き上げようということになったのだろう。

と——バン、バン、と弾けるような音が続けざまに五、六回聞こえて、ドタバタと花八木が転り込んで来た。

「撃たれた！　おい、手を貸してくれ！」

「ええ？　どこを？」

「どこ？　それは——」

と、花八木は起き上ると、「うむ。幸い当らなかったようだ」

と、息をついた。

「何よ、だらしがない！　あなただって、ピストルぐらい持ってるんでしょ！」

「いや、これはめったなことでは使えんのだ」

「じゃ、どうするのよ！」

「うむ……。警察手帳も落として来てしまったし。——ここが思案のしどころだ」

「そんな呑気なこと言ってる場合じゃないでしょ！」

「——おい！　用意ができたぜ！」

と、三船の声がした。「そのヘナチョコ刑事も一緒に逆立ちさせてやる！」

「逃げなきゃ！」

こうなっては仕方ない。「ママ！、パパ！　それに——ほら、犬！」

「ワン」

「裏から庭へ出るのよ！」

と、詩織が叫ぶ。

そのときだった。

ダダダダ……。短く途切れた銃声が、表にひびきわたった。

「機関銃じゃない？」

と、智子が言った。

「クレーンだけじゃ間に合わないのかしら？」

しかし——どうも妙だった。

「ワーッ！」

「逃げろ！」

と、叫んでいるのは、どうやら三船らしい。

逃げる？　——でも、どうして三船が？

しかし、ともかく、二、三分も騒ぎが続いたと思うと、急に静かになってしまったのである。

「どうしたのかしら？」

と、詩織は母の顔を見た。

「私が知ってるわけないでしょ。あなた、見てらっしゃい」

と、冷たい母は言った！

が、詩織が出て行くまでもなかった。

誰かが家の中へ入って来たのだ。そして、詩織が目を見開いている前に現れたのは——。

「ご無事でしたか」

真白な三つ揃いのスーツ、スラリと長身の色白な青年が、機関銃を片手に下げて、現れると、そう言って、サングラスを外した。

「はあ……」

詩織は、ポカンとして、その青年を眺めていた。——きりっとした顔立ちの二枚目。

きれいになでつけた髪。まるで、少し昔のギャング映画から抜け出して来たような青年だった。

17 赤い車

「だらしのない連中だ」

と、その三つ揃いの白いスーツの青年は、微笑んだ。

詩織はゾクッとした。――風邪を引いたのだ。いや、そうじゃない！　その青年の笑顔に、一発でしびれちゃったのである。

「空へ向けてこいつを発射してやったら、一度に逃げちまいましたよ」

と、機関銃を、まるでバトンガールがバトンを回すように、クルクルッと回して見せた。

「ど、どうも」

と、詩織は、ペコンと頭を下げて、「あの――私、成屋智子です。あれ？　いえ、それはここにいる母です。私は父です。いえ、私は父と母の詩織で、娘といいます」

相当に混乱している。

「おい、動くな！」

と、突然、花八木のだみ声が響き渡った。

詩織は振り向いて、目をみはった。花八木が、拳銃を構えて、銃口を白いスーツの青年に向けているのだ。

「ちょっと！　何するのよ！」

と、詩織は花八木に向って、怒鳴った。「この人は、この家を助けてくれたんじゃないの！」

「それはそれ、これはこれだ」

と、花八木は言い返した。「明らかに、銃器不法所持だ！」

「この人が助けてくれなかったら、あんた、今ごろこの家と一緒に逆さにされてたのよ！　それを、今になって——。自分はどうにもできなかったくせに！」

「それはそれ——」

「このヘボ刑事！　能なし！　役立たず！」

詩織の悪口に、花八木は顔を真赤にしながら、じっと耐えていた。

「それはこれ、これはそれだ！」

「詩織、お前、何てことを言うの」

と、さすがに母の智子がたまりかねたように、

「せめて、間抜けとかトンマとかにしておきなさい」

「いや、刑事ってのは、いつもこれぐらいの元気が必要ですよ」

と、白いスーツの青年は、落ちついたもので、「じゃ、一つ、やるか？」

と、機関銃の銃口を花八木へ向けた。

「抵抗するのか！」

「したら、どうする?」

「降参する」

花八木は、拳銃を捨てて両手を上げた。

「じゃ、そっちの隅で、おとなしくしてな。——お嬢さん」

「は、はい!」

詩織は、お嬢さん、なんて呼ばれたことがあまりないので、面食らいながらも嬉しそうに身を乗り出し、手を出して尻尾を振り——これじゃ犬だ。

「ここに啓子さんが来たそうですね」

「ええ……。啓子さんをご存知?」

と、青年は言った。

「僕と彼女は愛し合っていたのです」

「愛し合って——?」

「申し遅れました。僕は九州では、ちょっとした顔の、緑小路金太郎といいます」

「緑小路——金太郎?」

姓と名が、これほどアンバランスな名前も珍しいだろう。

「啓子さんの父と、僕の父とは、昔からの宿敵同士。いわば、許されざる恋だったのです。しかし、人目を忍んで、束の間の逢瀬《おうせ》に二人の恋は燃え上り、未来を固く誓ったのでした。それから十年……」

「あの——失礼ですけど」

と、詩織は言った。「十年も前というと、お二人とも、大分お若かったんじゃありません？」

「僕が小学校五年生、啓子さんは幼稚園を出るか出ないかのころでした」

「はあ……」

そりゃ古い恋だ。

「——こうして啓子さんを追ってやって来たのですが、どうも、三船や種田も押しかけて来たらしい。啓子さんは姿を隠していた方がいいようだ」

「私、どこにいるのか知らないんです」

「信じますよ」

と、緑小路は肯いた。

詩織はホッとした。——大体、みんな詩織の言うのを信じないで、大暴れするのだから。

「もし啓子さんから連絡があったら、僕が来ていることを伝えて下さい」

「分りました」

「そして、一言——愛してる、と言ってやって下さい」

そういうと緑小路は、「では、失礼します」

と会釈して、素早く姿を消した。

「待って！」

詩織は、急いで玄関から外へ出た。

緑小路が、車に飛び乗ると、エンジンの音を響かせて、走り去る。――そうだわ！　ああでなくちゃ！

真赤なスポーツカー。それがあの美青年には似合うはずだ、と詩織は思ったのである。

真赤だ、という点は予想通りだった。ただ車はスポーツカーでなく、消防車だった……。

「――何がどうなってんだ？」

と、隆志が言った。

「知るか」

と、詩織は肩をすくめた。「こっちはね、忙しいの。おしるこ食べるので」

「俺は何を取りゃいいんだ？」

女の子だらけの甘味の店で、隆志はメニューを広げてため息をついていた。

「コーヒーぐらいあるでしょ」

と、詩織が言うと、

「うん……。しょうがねえや。ちょっと。おしるこ、もう一つ」

「何だ。初めから素直に頼みゃいいでしょうに」

「しかし、本当にどうなってんの？　あの種田という殺された男。三船って、やたら家を壊したがる男。プラス、そのキザの塊みたいな奴」

「ちゃんと緑小路って名があるわよ」

「緑小路でもタヌキ横丁でもいいけどさ、それもヤクザなのか?」

「あの花八木刑事の、あんまり当てにならない説明によると、例の、啓子って子の父親の古い仲間だったらしいんだけど、最終的に縄張りを二人で分けるわけにいかないので、結着をつけたらしいのね。その緑小路の父親っていうのが」

「決闘したのか」

「ううん、ジャンケンだったって」

隆志は、ガクッと来た。

「ずいぶんつまらないことで決めるんだな」

「で、あの緑小路の父親は失意の内に死に、今、あの息子が跡を継いで、どんどんのして来てるんですって」

「へえ。——じゃ、本当に啓子って子の恋人なのかな」

「そりゃそうよ。当人がそう言ってるんだもの」

「でも、嘘かもしれないぜ。そんなヤクザの言うことなんか、大体あてにならない……。おい、どうした?」

隆志は、また詩織が目にジワッと涙をためているのを見て、訊いた。

「あの人は嘘なんかつかないわ」

「どうして?」

「目が、とっても澄んでるわ。それに、ハンサムだし、足も長いし……」

「じゃ、俺とそっくりなんだ」

と、隆志は肯いて、「それなら、きっと嘘はつかないよ」

どっちもどっちである。

「──でも、あの花八木ってヘボ刑事は、そうじゃない、と言って、嘲笑うのよ」

「へえ」

「つまり、今、啓子さんを見付けて、自分の女にしてしまえば、争わずして、一番大きな組織が手に入るわけ。それを、あいつは狙ってるんだって。──心の醜い人は、見方までひねくれて来るのよ。やねえ、本当に」

しかし、隆志は、花八木の言う通りかもしれないと思った。

「──はい、どうぞ」

と、隆志の方に、おしるこが来て、伝票を置いて行く。

何気なく伝票を見て、隆志は目を丸くして、

「ちょっと！　おしるこ五杯も頼んでないじゃないか！」

と、声をかけた。

「あちらの方が三杯召し上ってます」

と、指さした方を見ると……。

花八木が、隅っこの席で、三杯目のおしるこに取りかかっているところだった。

「──参ったな！」

と、隆志がこぼしていると、

「成屋さんって、そちら?」

と、店の女の子がやって来る。

「私ですけど」

と、詩織が顔を上げる。

「お電話です」

「誰かしら。――すみません」

立って行って、受話器を取ると、

「あ、啓子です」

と、声がして、詩織は仰天した。

18　ビルの住人

「啓子さん……。あの――元気？」

と、詩織は言った。

他にも色々言いたいことはあるのだが、前もって電話がかかって来ると分ってりゃともかく、とっさにはごく当り前の言葉しか出て来ないのである。

「ええ、元気です。色々私のせいでご迷惑をかけてるようで、申し訳ありません」

「いえ、別に。ちっとも構わないのよ、そんなこと」

そりゃ、詩織は大して「実害」をこうむってるわけじゃないから、構わないのだ。学校の寮から追い出された人たちがこれを聞いたら、頭に来るだろう。

「でも、どうしてここにいるって分ったの？」

と、不思議に思って、詩織は訊いた。

「ええ、お宅へかけたら、お母さんが出られて。たぶん、こちらじゃないか、って……」

「へえ。こんな店のことまで、よく知ってるわね」

詩織は、しゃべっていて、ハッとした。店の中に花八木がいるのだ。

チラッとそっちへ目をやったが、花八木は三杯目のおしるこをせっせと食べていて、気付いている様子はない。

「――ね、啓子さん。どこにいるの？」

と、詩織は少し声を低くした。

「それはちょっと言えないんです。――ごめんなさい」

と、啓子が申し訳なさそうに言った。

「そう……。でも、色んな人が、あなたを訪ねて来てるのよ」

あれを「訪ねて」と言えるかどうかは、疑問だったが……。

「あなた――緑小路って人、知ってる？」

「金太郎さん？　あの人、来たんですか」

と、啓子がびっくりしている様子。

「ええ。あなたの古い恋人だって……。本当なの？」

「ま、古いことは確かですけど……。幼なじみで。でも、恋人なんかじゃありません」

なんだ。詩織はがっかりした。

「ともかく、種田って人は殺されるし、てんやわんやよ。――ねえ、一度会えない？　ここ、刑事もいるから、話しにくいの」

「そうですね……。詩織さん一人で来て下さるなら」

「もちろんよ」

「あ、それから、隆志さんという方も」

「隆志?」

詩織は、ちょっとむくれて、「あなた、隆志に気があるの?」

そんなことを言ってる場合じゃない!

「おい……」

まずい! 花八木が、電話の方へ歩いて来たのだ。

「あ、あの——それじゃ二人で行くわ」

と、詩織は急いで言った。

「お願いね。じゃ、今度の日曜日に、〈××ランド〉で」

〈××ランド〉というのは、「ばつばつ」でも「エックスエックス」でもなく、さる有名な遊園地なのである。

「日曜日ね。分ったわ。じゃ、楽しみにしてるわ」

花八木が、すぐそばに来て立っているので、詩織は、急いで電話を切った。

「誰と話してたんだ?」

と、花八木が言った。

「誰とでもいいでしょ。お友だちよ」

「フン、友だちか」

「友だちと電話でしゃべっちゃいけないっての?」

詩織もかなりむきになっている。

詩織が席に戻ると、花八木もついて来て、一緒に座った。

「何かご用ですか?」

「桜木のことを聞きたいかと思ってな」

と、花八木は言って、「ま、目ざわりだと言うなら、向うへ行くか――」

「ま、ちょっと落ちついて!」

詩織はあわてて言った。「――あの、おじさんのこと、何か分ったの?」

「保釈になって、行方を捜していたのだ」

「それは聞いたけど。見付かったの?」

「まだだ」

詩織はムッとして、

「あっち行ってよ!」

「これから、捜しに行こうと思っとるのだ。ついて来るか?」

詩織は隆志と顔を見合せた。詩織としても、あの桜木という男がどうなったか、興味はある。

しかし、花八木に「ついて行く」というのも、少々しゃくに触る。

しかし、ここは好奇心の方がプライドにうちかった! ――というほどのことでもないか。

かくて、花八木、詩織、隆志の三人で町を行くという妙なトリオになったのだった。

「だけど――」

と、隆志が電車の中で言った、「どうして僕らのことを連れて行く気になったんです?」

タクシーで、という詩織に対し、花八木は、電車で行かねば、税金を納めている国民に申し訳ない、と主張したのだった。

「そりゃ、簡単だ」

と、花八木は肯いて、「桜木も捜したい。しかし、同時にこの娘も見張りたい。何をしでかすか分らんからな。そうなれば、連れて行くしかないではないか」

詩織はムッとした。大体花八木と一緒にいるだけでムッとして来るのだ。

しかし、ここはぐっとこらえて、

「どこへ捜しに行くの?」

と、訊いた。

「交番へ行って、捜索願いを出す」

と花八木は言ってから、ニヤッと笑い、「安心しろ。冗談だ」

本気だったら、今ごろ電車の窓から放り出されているだろう。

「東京に、昔、桜木に世話になった女がいることが分ったのだ。身を寄せるとすれば、そこしかない」

「いなかったら?」

「他にも身を寄せる所があった、ということだな」

どうもいい加減な刑事である。

――電車、バス、と乗り継いで、一時間以上かけて着いたのは、うらぶれたボロアパート――かと思えば、大違いで……。

「ここ？」

詩織が啞然として見上げたのは、二十階以上はある高層ビル。真新しく、ピカピカに光っている。

「住所はここだが……」

と、花八木も、少々不安な様子。

「だって、ここ、会社が入ってるんだろ」

隆志は、ビルの入口にかかったプレートを見て、「人は住んでないんじゃない？」

「ともかく、物はためしだ」

と、ビルの広々としたロビーフロアへ入って行くと、花八木は、ツルツルの床で、みごとにステンと転んでしまった。

「――見ちゃいらんない」

と、詩織はため息をついた。「離れてようよ。連れと見られちゃ恥ずかしいわ」

「さっきの電話は？」

「啓子さんよ」

と、声を低くする。

「やっぱり、そうか」

と、隆志は肯いた。「何か言ってたのかい?」

「今度の日曜日に会うことにしたわ」

と、詩織は言った。「〈××ランド〉でね。あなたも一緒に来て」

「いいよ。どうせ暇だし。日曜日の何時に?」

「時間? ――決めなかったわ。適当に行ってりゃいいんでしょ」

「ええ? じゃ、〈××ランド〉のどこだよ?」

「決めなかったの」

隆志は、〈××ランド〉の広い敷地の中を、一日中うろつき回っている自分の姿を想像してゾッとした……。

――一方、花八木は、やっと立ち上ると、クスクス笑っている受付嬢の方へ歩いて行った。

「こういう者だ」

と、警察手帳を覗かせ、「ここに『お竜』という女は住んでるか?」

「は?」

受付嬢が目を丸くした。当然だろう。

「本名、竜崎幸子という女だ」

これを先に言えばいいのだ。

「ああ、竜崎さんでいらっしゃいますね。はい、最上階におられますが」

詩織はびっくりした。こんなオフィスビルに人が住んでるの？

「ここの管理人でもやってるのかしら」

と、呟いた。

19　偉大なオーナー

「ビルの最上階にねえ……」

と、聞いていた隆志が首をかしげた。「ビルの地下道に寝転ってるっていうのなら、分らないでもないけど」

「それじゃ、まるでホームレスじゃないの」

と詩織が言った。「ともかく、受付の人がああ言ってるんだから」

花八木は、受付嬢の言葉に、

「分った」

と、肯いた。「最上階ということは、一番上の階だな」

当り前のことを訊いているので、受付嬢は必死で笑いをかみ殺している。

「さようでございます」

「さようか」

花八木は、気取ってエレベーターの方へ歩き出した。すると、受付嬢が、

「あの、お客様」

と、呼び止める。「そちらのエレベーターでは最上階へはまいりませんが」

「何だと？」

花八木は顔色を変えた。「では、階段で上れと言うのか？　いくら丈夫に見えるからといって、馬鹿にすると逮捕するぞ！」

もう、いや！　——詩織はたまりかねて、花八木をエイッと押しやると、自分で受付嬢に訊いた。

「あの、その方は——竜崎幸子さんという方は、どういう方なんですか？」

「このビルのオーナーでございます」

「そりゃ、女だってことは分ってるけど」

と、隆志が言って、詩織に足をけとばされた。「イテテ……」

「オーナーって、持主なんですか」

「はい。この他にも、現在二十ほどのビルをお持ちで……」

「二十！」

「この最上階をご自宅兼事務所になさっておられます」

「はあ……」

「直通のエレベーターが、その扉の奥にございます。降りられましたら、受付がございますので」

「分りました。どうもありがとう」

と、詩織は頭を下げた。「じゃ、行きましょ。——あら、あの刑事さんは?」

花八木は、詩織に押しのけられた弾みでまた足を滑らし、引っくり返って、やっと起き上ったところだった。詩織は、見ないふりをして、さっさと歩き出した。


「——凄い」

応接室へ通された三人は、どっしりとした調度類に、思わずため息をついた。

待つほどもなく、コーヒーが出る。——上品なカップだ。

「見て！　ウエッジウッド」

と、詩織は、受け皿を引っくり返して見て言った。

「フン、私の所のカップも、似たようなものだ」

と、花八木が言った。「ちゃんとコーヒーを注いでも、洩れない」

「当り前でしょ」

——ともかく、香りの高いコーヒーを味わっていると、ドアが開いた。

「お待たせしちゃって、ごめんなさい」

かなり（というのも控え目な表現だが）太った、おばさんタイプの女性が、ドサッとソファに腰をおろした。

着ているスーツは、確かに高級品だろう。しかも、サイズは特大に違いなかった。さぞ布地を沢山使っただろう、と詩織は考えていた。

「あんたが――『お竜』か？」

と、花八木が少々戸惑い気味に言うと、

「お竜とは――また懐しい呼び方をしてくれるわね！」

と、ワッハッハと豪快に笑う。

体格のせいもあるのか、応接室の空気がビリビリ震えるような声量だった。

「そう。以前は『お竜』と呼ばれてたわ。もう十五年も昔だけどね。あんた、鼻紙さんだっけ？」

「花八木だ！」

と、顔を真赤にして、言う。

「刑事さん？　何のご用かしら。この十年間は、後ろ指さされるようなことは、やっちゃいないわよ」

「そういうことじゃないんです」

と、詩織が言った。「桜木さんって方、ご存知ですか？」

「桜木？　――もちろん！」

竜崎幸子の顔が、急に輝いたように見えた。迫力はあるが、その笑顔の人なつっこさに、詩織は何となく嬉しくなった。

「桜木さんは、私の恩人よ。あの人がいなかったら、今の私はなかったんだから」

「桜木がここへ来なかったか？」

と、花八木が言うと、竜崎幸子が、キッとにらみつける。

「桜木、なんて呼び捨てにすると承知しないよ！」

と、花八木を叱りつけておいて、「桜木さんが、どうしてこんな所へ来るの？」

と、詩織の方へ訊く。

「実は――」

と、詩織がそれまでのいきさつを手短に説明する（もっとも、あまりに複雑で、手短でも一時間近くかかった）。

「――そうだったの」

と、竜崎幸子は、真剣な顔で肯いた。「あの人が東京に……。じゃ、今は保釈の身で？」

「そうだ」

と、花八木が肯く。

「あんたにゃ訊いてないわよ。――詩織さん、だっけ？」

「はい」

「桜木さんは、きっと、よほどのことがない限り、私の所へは来ないわ」

「どうしてですか？」

「足を洗った人間を巻き込んだりするのは、あの人の一番いやがることだったからね。まあ、でも、他にどうしても行くところがなくなったら、ここへ来るかもしれないよ」

「もし、来たら……どうします？」

竜崎幸子はニヤリと笑って、

「そりゃ、全財産放り出しても、あの人を助けるわ！」

と、言った。

詩織はすっかり嬉しくなってしまった。

「私も、あのおじさん、いい人だと思ってるんです。ちょっと一緒にいただけですけど、よく分ります」

「そう！　あんた話せるね！　どう？　うちへ来て働かない？」

「喜んで！」

と、詩織が調子に乗るのを、隆志があわてて、

「お前、高校生だよ」

と、引き戻す。

「じゃ、もし桜木さんから連絡があったら、教えて下さい」

と、詩織が電話番号をメモして渡す。

「分ったわ。必ず、あんたに連絡するから」

「お願いします！」

「一度、ご飯でも一緒に食べようよ！　そっちの彼氏も一緒にさ」

彼氏とは、もちろん隆志のことである。

詩織と隆志は、エレベーターの前に来て、

「――すてきな人ねえ。人生の楽も苦も知り尽くしてるって感じだわ」

「うん、ああいうおばさんっていいなあ」

「あら。――あの刑事さんは?」

「ここだ」

二人の後ろに、花八木がふてくされた様子で立っている。――完全に無視されて頭に来ていたのだ。

詩織が家へ帰ると、母親の智子が、

「あら、お帰りなさい」

と、台所から顔を出した。「ねえ詩織」

「なあに?」

「電話があったわよ。ええと――まさかりかついだ金太郎――」

と、突然智子が歌い出したので、詩織は、焦った。

「ママ! しっかりして! まだ私は学生の身よ! ママの面倒をみられないわ!」

「何を騒いでるの。ほら、緑小路金太郎さんから電話があったのよ」

詩織はホッとして、

「だったら、どうして歌なんか歌うのよ!」

「忘れないようにと思って、さっきから歌ってたのよ」

そこへ電話が鳴り出す。

「――はい、成屋です」

と、詩織が出ると、

「やあ、緑小路だよ」

と、キザな声が聞こえて来る。「啓子とは連絡がついたかい?」

「ええ、でも……」

「実は、彼女に、急いで伝えてほしいことがあるんだ。大切なことだ。人の命に――」

「命に?」

と訊き返したときだった。

ダダダ……。短い連続音が、電話から飛び出して来た。銃声か? 詩織は受話器を握りしめた。

20　闇のささやき

日曜日、上天気。爽やかな気候。

これだけの条件が揃って、混雑しない遊園地があったとしたら、即日、倒産しているに違いない。

この日曜日、〈××ランド〉は、今年一番の人出で溢れるようだった。

「無茶だ」

と、隆志は言った。

「じゃ、他にどういう方法があるっていうの？」

詩織が訊き返す。

このパターンの対話が、朝九時の開園以来、すでに三十回以上もくり返されていた。何しろもう昼の十二時を過ぎているのだ。

しかし、入園口前の売店のおばさんも、首をかしげていたに違いない。朝、開園と同時に入って来る客というのは、まず、一番人気のあるジェットコースター（三回転ひねりというやつ）にワッと駆けつけるか、でなければ、アベック同士のんびり肩を組んで、散歩を始めるか、である。

それが、入園して来るなり、売店に来て、

「ミルクセーキ！」

と注文するというのは珍しい。

しかも、店の前のベンチに二人で座ったきり、お昼まで動かないというのは、もっと珍しい
……。

隆志がうんざりするのも当然だが、詩織の方は、もっとうんざりしていたのだ。ただ、啓子と、ここで会う約束をしながら、時間も場所も決めていなかったので、こうして一日中、閉園まで入口にいれば必ず会えるに違いないという、至って論理的な理由で、こうして座り続けているのだった。

「俺、腹減ったよ」

と、隆志が言った。

「ちっとも動いてないじゃないの」

「朝飯抜きなんだ。――どこかで食べよう」

「ポップコーン、食べてれば？」

「そんなものじゃ、もたないよ！」

隆志の声は、すでに悲痛ですらあった。

「もう少し待とうよ。私たちが席を立ったとたんに、啓子さんが来るかもしれないわ」

「三時間も、そうやって待ってるんだぜ」

「だからもう少し――」

と言いかけて、詩織は立ち上ると、「じゃお昼を食べに行きましょ」

「え？」

隆志がポカンとしていると、

「どうしたの？　お腹空いてるんでしょ？」

「う、うん。でも――いいのか？　交替とかにしなくて」

「いいから、早く！」

と、詩織がジリジリしながらせかせていると、

「やあ！　いたな！」

と、懐しい（？）声がして、花八木刑事がノソノソ二人の方へやって来た。

「だから早く行こうって言ったのに」

「そう言えばいいじゃないか」

と、二人でもめているところへ、

「いやあ、入口を入ってすぐに会えるとは、実に運がいい！」

と、花八木が顔を割り込ませて来た。

「何ですか、一体」

と、詩織は仏頂面で、「遊園地に来ちゃいけない、とでも？」

「そうは言わん」

花八木はニヤニヤしている。「しかし、ここで誰かと会う予定かもしれん」

「へえ、誰と？」

「たとえば、そうだな。——マリリン・モンロー」

誰がそんな人に会うんだ！　詩織は頭に来たものの、こうなっては仕方ない。

ともかく、花八木付きの三人組は、昼食を取りに食堂へ向ったのである。

「じゃ、緑小路さん、無事だったのね？」

と、およそおいしいとは言いかねるカレーを食べながら、詩織は言った。

「うむ」

花八木の方は、味など問題にしないのか、さっさとカレーを平らげてしまっている。

隆志の方は、カレー、プラス、スパゲッティで、さらにラーメンを追加したところだった。

「無事だ」

と、花八木は肯いた。

「良かった！　電話口で、機関銃の音みたいなのが聞こえたから、びっくりしちゃったのよ」

「あれは、例の三船たちが、恨んで不意を襲ったのだ」

「まあ、卑怯だわ！」

と、詩織は憤慨している。

「ただのおどしだ。本当に殺せば、地元で大変な抗争になる」

「ともかく、緑小路さんが無事で良かった。——でも、花八木のおっさん」

「何だ?」

「私たちとずっと付き合うつもり?　私たち、これから、ジェットコースターに乗りまくるのよ」

「ほう。面白い」

と、花八木はニヤついて、「ああいうものに一度乗ってみたかったのだ」

「あ、そう」

詩織は、隆志にウインクして見せて、「ね、私たち二人とも、あの浮遊感覚が大好きでね、今度は定期券を買おうかと思ってるの」

「定期券?」

「それで学校へ通おうかと思って」

ジェットコースターが、学校まで行ってるわけがない!

もちろん、詩織としては、花八木を追っ払いたいので、そんなことを言っているのである。どっちかというと、あの手のスピード感溢れる乗物は、好きじゃない。

しかし、ここは一つ、平気な顔で乗ってやらなきゃ!

「行こう!」

と、立ち上る。「いざ!」

——出陣、というムードで三人は、ジェットコースターの行列に並んだ。

待つこと二十分。——これでも短い方だった。ちょうど昼食時間で、少し空いて来ていたのだ。

「はい、どんどん乗って」

と係の男も汗だく。

順番の関係で、詩織は花八木と二人で並んで乗るはめになった。

「――面白そうだ」

と、花八木は握り棒にもつかまらず、腕組みをして、「昼寝ができそうだな」

「私も楽しくて歌いたくなるの」

ゴー、ゴトゴト……。

ゆっくりと、車両が動き出した。


「――貧血を？」

と、遊園地の医務室の医者は、大して驚いてもいない様子だった。

「ええ。――ジェットコースターから降りたらバッタリ」

「よくあるやつだよ」

固いベッドに引っくり返っているのは、隆志だった……。

「若いくせにだらしがない」

と、花八木は平然としている。

「少し寝かせときゃ、よくなるさ」

と、医者は肩をすくめた。

「じゃ、後で迎えに来ますから、よろしく」

と、詩織は言って、医務室を出た。

全くもう！　隆志ったら！

「次はどこへ行くんだ？」

と、花八木はニヤニヤしている。

「そうね」

と、詩織はちょっと考えて、「そうだ。私〈お化け屋敷〉って大好きなの」

「いいな！　私も昔から、お化けのファンだった」

「そう」

「入江たか子の化け猫は怖かった」

あんたの顔に比べりゃ、と詩織は言ってやりたかった。

「——あれだわ」

何とも旧式な〈お化け屋敷〉である。

「よし、入ろう」

どうやら花八木は、本当に楽しんでいるようだ。

結構子供っぽいとこあんのね、と詩織は笑いたくなってしまった。

ま、〈お化け屋敷〉ってのは、暗くてうるさい、というだけで、怖くない所が多いものだ。

ここも例外ではなかった。出て来るものが古い。

お岩さん、一つ目小僧、カラ傘のお化け……。もう少し新しいお化け（ってのもおかしいが）がないものか。

と、思って、暗い所を手探りしながら歩いていると、突然、パッと手をつかまれた。

花八木め！　暗がりだと思って、このエッチ！

と、振り向くと、

「こっち、こっち」

と、囁く声は、何と啓子のものだった！

21　お化け屋敷

詩織は少々のことではびっくりしないが、さすがに、〈お化け屋敷〉で啓子に会おうとは思わなかった。

「あの――啓子さん、私、刑事と一緒にいるのよ!」

と、詩織は小さな声で言った。

「分ってますわ」

何しろやたらに暗いので、啓子の姿もぼんやりとしか見えない。

「大丈夫なの?」

「あの刑事さん、今、道に迷ってウロウロしてるから……。こっちに来て」

「そう」

何だかよく分らなかったが、ともかく啓子に手を引かれるままに歩いて行くと――ガイコツの出て来る古井戸の裏側の方へ回り、壁を押すと、そこがクルリと回って、アッと思った時には、詩織は、何の変哲もない部屋の中に立っていた。

安っぽい椅子とテーブル、そしてコーラの自動販売機なんかが置いてあるだけの、殺風景な場所である。

「ここ、何なの?」

と、詩織が振り向くと――白いドレスに、血が散って、口から鋭い牙をむき出した女吸血鬼が立っていた。

「キャーッ!」

と、詩織が腰を抜かす。

「ごめんなさい。――私、啓子です」

と、その女吸血鬼が、口から牙を外して、金髪のカツラを取った。

「――ああ、びっくりした!」

詩織は、まじまじと眺めて、「本当だ! 啓子さんね……」

「ここで働いてるの。ごめんなさいね。もっと詳しく説明しておけば良かったですね」

「そんなことといいけど……」

詩織はやっとこ立ち上ると、「この部屋は?」

「休憩室。――交替で休まないと、疲れちゃうでしょ」

啓子は、椅子を引いて、「座って下さい。何もないけど――コーラでも飲みます?」

「いただくわ」

詩織は、まだ胸がドキドキしていた。

なるほど、ここで待ち合せるといっても、働いている場合もあるわけだ。そんなこと、考えてもみなかったけど。

「――あの、隆志さんって人、一緒じゃなかったんですか?」

と、啓子が訊いた。

「今、医務室で寝てるわ」

詩織が説明すると、啓子は愉しげに笑った。

「情ない人、全く!」

と、詩織の方は腹を立てている。

「デリケートな人なんですね」

「ま、そういう言い方もあるけど」

と、詩織は肩をすくめて、「あの刑事、大丈夫かなあ」

「しばらく大丈夫です。さっき、あの人が来たとき、順路の矢印を逆にしておいたんです。同じ所をグルグル回ってますわ」

「ハハ、面白い」

詩織は愉快になって、手を打った。

「色々ご迷惑かけたようで、すみません」

と、啓子が頭を下げる。

「そんなこといいけど。ねえ、一つだけ教えてほしいことがあるの」

「トイレはこの裏ですけど」

「ありがとう。——いえ、そんなことじゃなくて……。あなた、種田って男を殺したの？」

そうなのだ。詩織はその点だけが気になっていた。

いや、もちろん、他にも色々気になっていることはあった。このコーラのお金は払った方がいいのか、とか、今夜のおやつはどこで買って帰ろうか、とか……。

しかし、こと、啓子に関して一番気になっていたのは、果して啓子が「人殺し」なのかどうか、という点であった。

まあ、種田という男、あまり殺されても文句の言える人間じゃなかったのは事実だろうが、それでも殺していい、ということにはならない。

「種田のことですか」

と、啓子が、ちょっと目を伏せた。「私……残念でした。殺そうと思ってたのに、もう先に誰かが——」

「先に？　他の人間が殺したの？」

詩織は勢い込んで言った。

「ええ。でも、今度はしくじらないつもりです」

「しくじらない？」

「ええ、この次の奴は必ず私が殺してやります」

「ちょっと——ちょっと待ってよ！　あなたまだ——」

と、詩織が言いかけると、例の回転ドアが開いて、

「ああ、くたびれた！」

と、〈お岩さん〉が入って来た。「休みなしだもんな、たまんねえよ」

アルバイトの学生か何かだろうとは分っていても、やはり一瞬、ギクリとする。

と、そのお岩さんは、コーラの缶を手に、椅子にかけるとタバコをふかし始めた。

「――あれ、この子、何？」

「私の友だち」

と、啓子が言った。

「そうか。何のお化けだったかな、って考えちゃったよ」

失礼ね！　私のどこがお化けよ！

詩織はムッとした。こんなに可愛い、美人のお化けがいるもんですか。

「二人も休んでるとまずいわ」

と、啓子が立ち上った。「じゃ、詩織さん、ちょっと待っててていただけます？」

「私も見てていい？　面白そう」

「どうぞ」

啓子は、カツラをつけて、口の中へ、牙を押し込んだ。「――しゃべりにくくって」

何だかモゴモゴするのも当然だろう。

詩織は、暗がりの中から、こわごわ通っていく客たちを眺めていた。

なかなか面白いみものである。

やたら強がって、

「何でえ、こんなもん」

とか言ってる男が、首筋を柳の葉でなでられると、

「キャーッ！」

と飛び上ったりする。

中にはデートコースと間違えて、長々と抱き合ったりしてるアベックもいて、バイトのお化けが、やっかみ半分、ワーッとおどかしたりしている。

さて……。花八木はどうしたのだろう？

詩織は、きっともう外へ出て待ってるんだわ、と思ったのだが。

「――あの遠吠えは？」

と、通りかかったアベックの女の方が言った。

「オオカミだろ」

「でも、何か変な声よ」

「テープが伸びちまったのさ」

――そう。何だかおかしな声だった。

「出してくれ！　――おい、誰か来てくれ！」

というようにも聞こえた……。

「あれ、花八木だわ」

と、詩織は呟いた。「まだ同じところをグルグル回ってるのかしら?」

と——突然、メリメリ、バリバリ、という音がして、ベニヤ板の壁が裂けた。

「キャーッ!」

と、女の子が悲鳴を上げた。「何か出て来た!」

「ゴリラよ!」

「違うわ! フランケンシュタインだわ!」

やばい、と思った。

花八木が、ハアハア息をつきながら、現れたのだ。

「畜生! どこへ隠れた!」

まずいわ。詩織は、啓子の方へ、

「また来るわね!」

と、声をかけると、ノコノコ出て行った。「あら、刑事さん! どこに行ってたの?」

「お前か! 私をあんな所へ閉じこめて」

「閉じこめたりしないわよ。だって、いつの間にかいなくなっちゃうんだもの。——さ、もう出ましょ」

詩織に腕など取られて、花八木もはぐらかされてしまった様子。

二人で歩いて行くと、今逃げて行った女の子たちが見付けて、

「あら、見て! フランケンシュタインが」

「あの女の子は?」

「フランケンシュタインの花嫁じゃないの?」

詩織は頭に来た。

私がなんでこんなのの花嫁なのよ!

「あのね」

と、詩織は訂正してやることにした。「これは〈美女と野獣〉なの!」

22　コーヒーのシャワー

詩織は、啓子が〈女吸血鬼〉の役をやっているお化け屋敷から、やっと花八木刑事を引っ張り出した。

「ああ怖かった！　ねえ、刑事さん」

と、少しオーバーに花八木にもたれかかって見せたりして、「もう二度とこんな所、来たくないわ」

「何だ、さっきは大好きなようなこと、言ってたじゃないか」

「そ、そうでした？」

「怪しいぞ。さては、ここから私を引き離す気だな」

花八木の言葉に、詩織はドキッとした。

「そんなの、考え過ぎです！」

「あわてるところを見ると、ますます怪しい。——そうか！　読めたぞ！」

花八木は、ちょっと見得を切って、「問題の娘が、このお化け屋敷でアルバイトをやっているのだな？　たぶん、お岩さんとか女吸血鬼とか」

これには詩織も焦った。まさか花八木のカンが、ここまで鋭いとは、思ってもみなかったのだ。

どうしよう？　花八木をのして気絶させ、スルメにするか——いや、イカじゃなかったんだ。

啓子が逃げのびるまで、何とか花八木を引き止めなくては。

場合によっては、殺してでも——なんて、詩織が物騒なことを考えていると、花八木がワハハ、と笑って、

「そんなことがあるわけがないな。それじゃまるで小説だ。おい、どこかで何か食おう。腹が減った」

詩織はホッとしながらガックリ来た。ま、花八木に関する認識を改める必要がなかったというのは、結構なことである。

さっき、お昼をたっぷり食べたばかりじゃないの、と思ったが、ここは素直に、

「そうね。私もそう思ってたんです」

と言った。

詩織たちは、ホットドッグやコーヒーを売っているカウンターの方へとやって来た。

「ここは私が払おう」

と、花八木が珍しいことを言い出した。

「でも——」

「心配するな」

と、花八木は胸を張って、「さあ、いくつでも食べていいぞ」

いくつでも、ったってね……。ホットドッグやらハンバーガーを、二つも三つも食べられやしない。

「私、飲物だけでいいです」

と、詩織は言った。「ともかく、列に並ばないと」

「うむ。では私にホットドッグを二つとコーラを買って来てくれ」

何よ、要するに人に並んで買わせよう、ってんじゃないの！　——飲物一杯じゃ合わないわ。

そうグチりつつ、詩織は列の後ろについた。何しろ凄い人出なので、カウンターの前も長蛇の列——というのは少々オーバーかもしれないが、まあ十分や十五分は待たされそうだった。

「ええと……何にしようかな」

珍しく花八木がおごるというのだから、できるだけ高いものにしてやろう、と思った。

しかし——渡されたのは千円札一枚で、花八木のホットドッグとコーラの分を引くと、結局、詩織の分はコーラかアイスコーヒーぐらいしか買えない計算になるのだった。

ま、いいや。

それにしても——花八木と一旦はここを出なきゃ。そして、ここが閉まってから、もう一度、啓子と話をするのだ。

啓子が一体誰を殺そうとしているのか。詩織は不安だった。

そうだわ、こんな所に呑気に並んでる場合じゃない！　でも、並んでるんだけど……。

あと三人くらいで、順番が回って来る、という時だった。

「おい、アイスコーヒー七つ！」

と、突然前の方へ割り込んだ男がいる。

「ちょっと！　並んでくれよ」

と、ヒョロリとした学生らしい男の子が文句を言うと、

「うるせえ！」

白いスーツのその「割り込み男」がジロッとにらんで、「文句があるのか！」

と、凄んだ。

「い、いえ——どうぞ」

男の子が、二、三歩後ずさりする。

それも無理はないので、何しろ相手は見るからにおっかないヤクザである。しかし……。どこかで見たような、と詩織は首をかしげた。

「早くしろ！　親分が待っておいでなんだ！」

せかされて、カウンターの中のバイトの女の子も、焦っている。

詩織は周囲を見回した。——と、まぶしく光を反射しているもの……。

「あ！」

反射していたのは、白いスーツの丸坊主だった。

三船だ！　詩織の所へ押しかけて来て家具を壊し、家を引っくり返そうとした連中である。

あの時は、手下も三人だけだったが、今日は、ズラリ五人も揃えている。いや、今、アイスコ

ーヒーを買っているのを加えると六人だ。

「おい、盆にのせろ！」

七つも手で持てるわけがない。

「あの……お盆、ないんですけど」

と、バイトの女の子が言うと、

「じゃ、お前が一緒に運んで来い」

「は、はい……」

可哀そうに！　――詩織は震え上っているその女の子を見て、つい同情してしまった。

同情すると、後先も考えずに行動するのが詩織のくせである。

「私、持ってあげるわ」

と、進み出た。

「ほう、感心だな」

と、男が言った。「よし、俺が二つ持つから、お前、五つ持て」

そんな不公平な！　――しかし、意地になった詩織は、両手でアイスコーヒーの紙コップを五つ、ギュッと挟むようにして持つと、男の後をついて行った。

三船は、木かげのベンチにドカッと腰をおろしている。

「――親分、アイスコーヒーです」

「遅いじゃねえか！　早くよこせ」

「はい」

詩織は、三船の方へ、紙コップを一つ差し出そうとしたが……。五つも持っていて、その内の一つを差し出すというのは、非常にむずかしいのである。

おっとっと……。

ツルッ、と手がすべった。アッと思った時には、アイスコーヒーの紙コップは次々に詩織の手の中から飛び出して——もろに三船の頭からコーヒーが降り注いだのである。

——やばい！　詩織は、青ざめた。

三船は、ツルツルの頭を、さらに光らせて、じっと座っていた。

「——あ、こいつ！」

と、子分の一人が詩織に気付いた。「あの家の小娘だ！」

「そうか……」

三船がギュッと拳を固める。「——いい度胸だな」

「あ、あの——ごめんなさい」

詩織としても、相手はともかく、コーヒーを頭からかけてしまったことは反省していたのである。

「わざとやったとしか思えねえな」

気が付くと、三船の子分たちが、グルッと詩織を取り囲んでいる。さすがに詩織も焦った。

花八木は？　すぐそばにいるはずなのに！

「私に何かしたら、すぐ近くに刑事さんがいるのよ!」

と、詩織が言った。

「そうか。じゃ、呼んでみろ」

「刑事さん! 花八木さん!」

と、詩織は叫んだ。

たちまち花八木が駆けつけて——は来なかった。なぜか、一向に返事がない。

「どうやら、風をくらって逃げたらしいぜ」

と、子分の一人が笑った。

もう! 肝心の時になるといないんだから!

「このスーツ、どうしてくれる?」

と、三船が言った。

白いスーツが、コーヒーの色で、ぶちの犬みたいになっちゃっているのだ。

「クリーニングに出せば、落ちると思いますけど」

と、詩織は言った。

「面白い。お前も一緒に洗濯機に放り込んでやろうか。おい、こいつをひねっちまえ」

簡単にひねられてたまるか!

詩織は思い切って、正面の三船に体当りした。

23　追いつめられて

ここで詩織が大活躍、たちまち三船とその六人の子分をのしてしまった、と来れば、お話の方は簡単だが、いくら小説でもそこまで都合良くはいかない。

詩織は別に空手の有段者でも、柔道の黒帯でもないのだ。

ま、「空手」よりは「空腹」、「黒帯」よりは「腹帯」の方に縁がある（小さいころ、よくオヘソを出して寝ていて、お腹をこわしたので）。が、これじゃ、敵をやっつけるわけにいかない。

「エイッ！」

と、三船に体当りした詩織、そこは体重の差で、ドン、とはね返されてしまった。

「キャッ！」

と、悲鳴を上げて、尻もちをつく。

「勇ましいこった」

と、三船は笑った。「おい、せっかくこんだけ見物人が大勢いるんだ。裸にひんむいてサービスしてやれ」

「な、何よ！　お巡りさんが来るわよ！」

詩織が強がっても、首ねっこをつかまれてギュッと引っ張り上げられると、首の辺りが苦しくなって、目を白黒。

哀れ、ここで詩織も一巻の終り――かと思うと――。

ゴーン……。

季節外れの除夜の鐘みたいな音がしたと思うと、詩織の体がまた重力に任された。つまり、落下した。

「逃げるんだ!」

ぐい、と手首をつかまれる。――隆志だった!

子分の一人が、ウーンと唸り声を上げて引っくり返る。

隆志が、その辺の屑入れ(鉄の大きな缶みたいなものである)で、ぶん殴ったのだ。

詩織は、あわてて立ち上ると、引っ張られて走り出した。

「隆志!」

「急げ!」

二人が、人ごみをかき分けて駆けて行くと、三船の方も、やっと怒り出したのか、

「おい、逃がすな!」

と、怒鳴った。

ワーッと子分たちが詩織と隆志を追って駆け出す。

「どいてくれ!」

何しろ人が多くて、思うように逃げられないのだ。隆志が大声を出しながら、走る。

「隆志！　そっちは――」

「あそこへ逃げ込もう！」

隆志が、走りながら、指したのは――何と、あの〈お化け屋敷〉だった！

「あ、だめ！　あそこはだめ！」

と、詩織は叫んだ。

「だめって、どうして！」

「だって――」

事情をゆっくり説明している暇はない。

「ね。じゃ他の方へ！」

と、詩織は言ったが、三船の子分たちで足の速いのが、何人か先へ回って、正面から駆けて来るのが見えた。

「まずい！」

やっぱり、〈お化け屋敷〉しかない！

二人は、仕方なく、〈お化け屋敷〉へと飛び込むことにした。

「入場券は？」

「そんなもん、いいよ！」

「だけど――」

詩織としては、少々気になったのだが、この際、そんなことは言っておられない、というのも事実だったので、やむを得ず、入口から飛び込んだ。

「――ああ、参った！」

隆志がハアハア息をついている。

「私だって……。でも、追いかけて来るわよ！」

「分ってるけど……。少し休まないと」

「休む？　――そうだ！」

詩織は、中へ進んで行くと、さっき啓子が連れて行ってくれた休憩室を捜した。

「ええと……確かこの辺だわ」

女吸血鬼の姿はなかった。休んでいるのかしら？

「おい、どこへ行くんだよ？」

「いいから。――こっちだわ、確か」

手を引っ張って、詩織は古井戸の裏手へ回った。「この壁を――」

壁を押すと、クルリと回って休憩室へ出る。中は誰もいなかった。

「おい、どうしてこんな所、知ってるんだよ？」

と、隆志がびっくりしている。

「さっきね。鬼に案内してもらったの」

暑い！　コーラでも飲もう。

「呑気な奴だな」

「何よ。大体、あんたが貧血起してのびちゃうからいけないんでしょ！」

隆志が貧血を起したことと、三船に追われたことは、一応関係ないはずだが、こう言えば隆志としても、何も言い返せない、と分っているのである。

「そりゃ……人間、誰だって、欠点ってのはあらあ」

と、隆志はブツブツ言っている。

「それより、啓子さん、どこへ行ったのかしら」

「あの女の子？　会ったのか？」

「ここでね。女吸血鬼になってたの」

隆志は、一瞬青ざめた。本当の吸血鬼に変身したのかと思ったのである。

「それより、花八木の奴！　肝心の時になるといなくなるんだから！　全く！」

コーラをぐっと飲むと、詩織は腹立たしげに言った。

「だけどさ――」

と、隆志が言いかけた時、

「おい！　徹底的に捜せ！」

と、怒鳴る声がした。

「来たよ」

「そうね」

「どうする?」

「知らない」

「お前——」

隆志が唖然として、「先のことも考えないで、ここへ飛び込んだの?」

「あら、ここへ来たらって言ったのは隆志じゃない」

「そりゃそうだけど……。俺はただ、ここを通り抜けて逃げるつもりだったんだ」

「私、ただ喉が乾いたから、コーラが飲みたかっただけだもん」

と、詩織が言っている間にも、

「おい! 構わねえ、どこでも叩き壊して、捜すんだ!」

と、声がして、ドタン、バタン、バリバリ……。

あちこちぶっ壊している音が聞こえて来た。

「どうするんだよ! ここも見付かっちまうぞ」

「じゃ——私が悪いって言うの? 何もかも私のせいだと……」

詩織の目から大粒の涙が——。

「分った! お前のせいじゃない!」

隆志はあわてて言った。「本当だ。悪いのは俺だ!」

「そう?」

「そうだ」

「じゃ、何もかも？」

「何もかも」

「メス猫にヒゲがあるのも？」

「ああ、俺が悪い！　ともかく泣くな！　ここから、何とかして逃げ出さないと……」

だが──遅かった。

二人が入って来た入口の壁が、ドンという音と共に押し倒されて、三船の子分が二人、目の前に立っていたのである。

「いたぞ！」

と、一人が怒鳴った。「おい、こっちだ！」

他の子分たちも集まって来る。

「ちょうどいいや。ここなら悲鳴を上げたって、誰にも聞こえないぜ」

と、一人が笑った。「手間、かけさせやがって」

「詩織」

と、隆志が言った。「僕が闘ってる間に、逃げるんだ！」

「でも──」

「いいか！」

隆志が、ワーッと叫びながら、突っ込んで行くと──ガツン、と音がして、隆志は一発でのびてしまった。

これじゃ、詩織の逃げる間がない。

「この娘の方だ、用があるのは」

「――コーラ、飲まない?」

と、詩織は言ってみた。

その時、

「大変だ!」

と、叫び声がした。

あの、さっき隆志にのされた子分である。

「おい、大変だ! 親分が――親分が、殺された!」

それを聞いて、詩織もびっくりしたのだった……。

24　葬送の情景

「一体……だ、誰が殺したんだ！」

「知らない……わよ！」

「私は……」

「肝心の時に、どこへ行ってた……のよ！」

「私は……トイレに……行ってたのだ！」

――詩織と花八木刑事の対話である。

なぜ、やたらに「……」が入っているかというと、三船の殺された現場周辺、もの凄い人だかりで、とても静かに話のできる環境ではなかった。従って、詩織と花八木は、何とか人ごみから外へ抜け出そうと、いつ果てるとも知れない人の海の中をかき分けて進んでいたのである。

その間に話をしていたので、どうしても途切れ途切れになってしまうのだ。

「――出た！」

やっと人垣から外へ出て、詩織はフウッと息をついた。

それにしても、三船までもが殺されてしまうとは、一体どうなっているのだろう？

もちろん、詩織はそのおかげで命拾いをしたのだ。もし、三船の子分が、駆けつけて来て、

「親分が殺された！」

と叫ばなかったら、今ごろ詩織は無事ではいなかっただろう。

それを考えると、確かにゾッとする。しかし、詩織は過ぎたことにこだわらない性格だった。

「おい！」

と、やって来たのは隆志だった。

「あら、何やってたの？」

そういえば、隆志は、三船の手下にのされて、〈お化け屋敷〉の休憩室の床でのびていたのだ。詩織はすっかり忘れていたのである。

「そりゃないぜ」

と、隆志は、あざのできた顎をなでながら、「お前を守るために、命を張ったのに」

「その割に、すぐのびちゃったじゃない」

思いやりのある恋人らしい詩織の言葉に、隆志はぐっと詰った。

「ま、まあ――そいつはともかく、無事で良かった」

「でも、三船が殺されたわ」

「うん、今聞いてびっくりした。どうしたんだ？」

「私だって知らないわよ」

と、詩織は肩をすくめた。「ともかく、手下たちはみんな、私たちを追いかけてたわ。一人だ

け、隆志の殴った奴が、のびてたわけね。で、それがやっと気が付いて起き上ってみると、親分は、ベンチに座って、居眠りしてるみたいだった。で、その手下が肩でももうかと思って、後ろへ回ると、三船の背中にナイフが突き立ってた、ってわけよ」

「眠ってる時に肩もむのか？　目を覚ましちまいそうだな」

「そんなことより！　――いい？　また、あの人の姿が消えてるのよ」

「あの人って？」

「啓子さんに決ってるでしょ！」

「あ、そうか。〈お化け屋敷〉で会ったって言ったな」

「しっ！」

詩織は、あわてて振り向いた。花八木がついて来ていたのを思い出したのだ。

しかし――花八木は、まだ人垣の中を脱出し切れない様子だった。

「おかしいわ。――途中で潰れちゃったのかしら？」

「簡単に潰れるか」

二人でそう言っていると、人垣を押し分けて、ゴリラが――いや、花八木が顔を出した。真赤な顔で、ハアハア言っている。

「どうしたの？　途中でバーにでも寄ってたの？」

詩織は、我ながらいいジョークだ、と思った。

「足を踏んだ、と絡まれたのだ」

花八木は、憤然として、「踏んどらん、と言ったのに、信用せんのだ。全く、この純潔無垢な人間の言うことを信じないとは……」

「で、納得してもらったの？」

「こっちが、足をいやというほど踏まれた」

詩織は、吹き出しそうになるのを、必死でこらえた。

――その時、やっとサイレンの音が、近付いて来た。中で、死体に人を近付けまいと必死になっている警官はホッとしているだろう。

と――警官の気が緩んだのか、それとも人垣の押して来る圧力に堪え切れなくなったのか、人垣が、ドドッと内側へ崩れたのだった……。


「おい」

と、隆志が詩織をつついた。

「何よ」

「いいのかよ、黙ってて」

「何のこと？」

「もちろん、あの子のことさ」

詩織だって、隆志に言われるまでもなく、分っちゃいるのである。

「だって……今さら言える？」

「うん。——だから、初めから言っときゃ良かったんだ」

「今さら遅いわ」

と、詩織は言った。

確かに、遅い時間だった。といっても、夜中ではないが、この遊園地が閉まってもう二時間近くたつ。

やっと、客の姿もなくなり（当然のことであるが）、警察も落ちついて現場検証をすることができたのだった。

「——なっとらん！」

と、花八木が、ふてくされた顔でやって来た（つまり、いつもの顔で、ということだ）。

「何を怒ってるの？」

「全く、ここの警察は何をしとるんだ？　容疑者が帰るのを、黙って見ているとは」

「容疑者って？」

「ここへ入園していた人間は、全部容疑者だ。当然、足止めして、調べるべきだった」

無茶言って！　——何万人いたと思っているのだろう。

しかし——正直なところ、詩織も気が重いのである。

つまり、三船を殺したのが、啓子らしいからだ。いや、別に啓子だという証拠はない。しかし、まさか三船と何の関係もない人間が、

「せっかく来たんだ。ついでに一人、人でも殺して帰ろうか」

てな具合で三船を刺し殺したとは思えないし、何かちょっとした間違いで、手にしていたナイフを三船に刺してしまい、

「あら、いけない。ごめんなさいね」

ということも……あまり考えられない。

そうなると、やはり、犯人は啓子、という可能性が高くなる。

〈お化け屋敷〉から、いつしか啓子の姿は消えていたのだし……。

詩織は、花八木に言った。

「犯人の目星はついたの?」

「ついたか、だと? このベテラン刑事を何だと思ってるんだ」

「じゃ、誰だか分ってるの?」

「もちろん」

花八木は肯いた。「犯人は緑小路だ」

これには詩織もびっくりした。

「あの――金太郎さん?」

「そうとも。三船は緑小路に機関銃をお見舞した。緑小路がその仕返しをするのは当然のことだ」

なるほど。――詩織も、花八木の説に、一理あることは、認めないわけにはいかなかった。この人も、まんざら馬鹿じゃないんだわ。

「しかし——」

と、花八木は考え込んで、「なぜナイフを使ったのかな、金太郎ならまさかりだが」

やっぱり馬鹿なのかもしれない。

「死体を運び出します」

と、係官たちが、三船の死体を担架にのせて、白い布で覆うと、運んで行った。

それを、三船の手下たちが、一列に並んで見送っている。——中にはグスグスと涙ぐんでいるのもいて……。

ま、三船のことなんかちっとも悲しんじゃいないのだが、詩織は、それを見て、またしても涙ぐむのだった。

「——よし！」

と、手下の一人が怒鳴った。「このかたきは討ってやる！　行くぞ！」

「オー！」

と、声を合せ、拳を振り上げると、ゾロゾロ歩いて行く。

何だか労働組合の決起集会みたいなムードだった。

「これは、えらいことになる」

と、花八木が言った。

「どうして？」

「ボスを殺されてはな。面子《メンツ》ってものがある。全面戦争に突入するかもしれない」

詩織も、そこまでは考えていなかった。

――うちは大丈夫かしら？

また引っくり返されたりしないだろうか。詩織は、専らそのことばかり、気にしていた。

25　食い止める隆志

「——疲れた」

と、詩織は言った。

「俺だって……」

隆志が言った。

二人は、成屋家の居間に入ってから、それぞれその一言ずつを発しただけだった。

「——二人とも、今日はずいぶんおとなしいのねえ」

と、母親の智子が紅茶などいれてくれる。

「ママ……」

「なあに？　何かくれるの？」

「どうして私がママに何かあげるの？　その前に出してくれるものがあるんじゃない？」

「そうだった？　年賀状とか暑中見舞？」

全く、どこまで本気なのか……。

「夕ご飯よ！　お腹ペコペコなの！」

「あ、なんだ、そうならそうと言えばいいじゃないの」

と、智子は笑って、「じゃ、隆志さんも？」

「ええ……。もしよろしければ」

隆志としては精一杯の遠慮である。

「そう。それじゃ、困ったわね」

と、智子は言った。

「困った、って――ママ、何かあるんでしょ、食べるものくらい」

「それが今日は、残りものを全部きれいに平らげちゃったもんだから……。パンの耳ならあるけど」

「私、ウサギじゃないのよ！」

と、詩織は言った。

まあ、何とか、お寿司の出前を取る、ということになって、詩織と隆志は、辛うじてあと二十分ほどの空腹を堪えることができたのだった。

お寿司が来ると、智子はお茶をいれて来たが、その間に、もう二人とも、三分の二は食べ終っていた。

「――しかし」

と、隆志が、やっと生き返った様子で、「あの三船も殺されて、何だか着々とやられてくって感じだなあ」

「うん……。まあ、やられて惜しいってほどの人じゃないけど、でも、やっぱり殺すのは感心しない」

「そりゃそうだ。本当にあの啓子って子がやったのかな」

「分んないわよ。私はあの子じゃないんだから」

詩織は、しごくもっともなことを言った。

「もしかすると、これもあの子の計略なのかもしれないな」

隆志は考え込みながら言った。

「計略って……お寿司のこと？」

「何でお寿司が出て来るんだよ」

「だって、私の、あなたのと比べて、鉄火巻が一つ少ないわ」

「そうじゃないよ！　三船がやられて、手下たちは、あの緑小路ってのがやったと思ってるわけだろう？　これで二つのグループがやり合って、お互いに弱くなる……」

詩織は肯いた。

「なるほどね。――何となく分るわ。でも、それじゃ、あの啓子さんって、とんでもない人ってことになる」

「ヤクザとかギャングとかが憎かったんだよ、きっと。だから自分の手で根絶やしにしてやろう、と……。その心根、俺にもよく分るぜ」

と、隆志は涙ぐんでいる。

どうやら、詩織の性格に影響されているらしい……。

電話が鳴った。智子が受話器を取ると、

「はい。——はあ、成屋でございます。うちの娘ですか？　詩織？　そんな名前じゃなかったと思いましたが……」

「ママ！」

と、詩織が飛び上った。

「あ、ちょっとお待ちを。——あ、詩織だったわね、お前」

自分の娘の名を忘れるというのは、全く珍しい母親である。

「代るわ。——誰から？」

「女の人よ。ちょっと年輩の。あなたのお母さんかしら」

「ママはここにいるじゃないの」

「あ、私がそうだったわね」

詩織は、母の相手をするのをやめて、受話器を受け取った。

「もしもし」

「あ、詩織さんていったわね。竜崎幸子よ！」

「ああ！　女社長さん」

桜木に、かつて世話になったという、ビルのオーナーだ。

「どう？　隆志は元気？」

「ええ。何とか。何かあったんですか?」

「ニュースで聞いてさ。三船とかってのがやられたじゃない」

「ええ」

「桜木さんも、あの男を知ってたと思うのよね」

桜木! ——そうか、と詩織は思った。

あの啓子には人殺しなどできないかもしれないが、桜木が実際の犯行を受け持っているとすれば、分らないでもない。

「そうそう、桜木さんからも連絡があったのよ」

と、竜崎幸子が言った。

「まあ、あの人、どこにいるんですか?」

「たぶん、お宅の近く」

「え?」

詩織は、キョロキョロと周囲を見回して、「見当りませんけど」

「あんたの所の電話って、外にあるの?」

「いいえ、居間です」

「じゃ、見えないでしょ。今、お宅の方へ向ってると思うわ」

「そうですか!」

これで、色々な謎も一挙に解けて、大団円となるかもしれない。そうなると、小説も早く終って作者も楽だし……。

「私も今からそっちへ行くわ」

と、竜崎幸子は言った。

「そうですか、じゃ、お待ちしています」

「そうね。十分ぐらいで着くと思うわ」

十分？　――じゃ、竜崎幸子も近くにいるらしい。

詩織が電話を切ると、玄関のチャイムが鳴った。きっと桜木だ。

詩織は玄関へと出て行って、ドアを開けると――がっかりした。

「花八木さん！」

「何だ？　他に誰か来る予定だったのか？」

花八木刑事は、あたかも我が家の如く、さっさと上り込むと、お寿司の器を見付け、

「ほう、寿司か」

と、言った。「全く、刑事ってのは、大変な商売だ。世の善良な人々を守るため、腹を空かして頑張っても、誰一人として、寿司など取ってはくれんのだ」

何とも当てつけがましい言い方だが、これがこの家で通用すると思ったら、大間違いなのである。

「まあ、お気の毒に」

と、智子が言った。

「分ってくれるか」

「ええ。――じゃ、お茶でもお飲みになります?」

花八木はガクッと来たのか、座ったソファから、落っこちそうになった。

と、その時、表の方で、ドタドタと足音がしたと思うと、

「逃がすな!」

という声。

「殺すなよ! 生け捕りだ!」

と、怒鳴る声。

誰かが、詩織の家の中へ飛び込んで来た。

「――失礼します」

と、居間へ、顔を出したのは……。

「あ! おじさん!」

と、詩織は言った。

桜木だった。詩織を人質にしてたてこもった時と、同じ格好をしているので、すぐに分る。

「あんたか! 頼む! すまんが追われていて――」

と、ハアハア息を切らしている。

「隆志! あんた、連中を食い止めて」

と、詩織は、桜木の手を取って、「裏へ出ましょう!」

「食い止めるって——おい」

隆志は、オロオロするばかり。その間に、詩織は桜木の手を引いて、居間からガラス戸を開けて、庭へ飛び出した。

花八木は、ポカンとしていたが、

「おい！　待て！　俺も話がある！」

と、立ち上る。

「それより、こっちを何とかして下さいよ！」

隆志が花八木の腕をつかんだ。

と、居間へドタドタと入り込んで来たのは——あの、三船の手下たちだった……。

26　天の助け

もちろん、三船の手下たちは、桜木を追いかけて来たのだが、居間へ入って来て、面食らった。

そこには、桜木の代りに、花八木と隆志がいたのだ。

「な、何だ、お前ら？　あいつをどこへやった！」

隆志の方は、突然、詩織から、

「ここを食い止めて！」

と言われて、どうしていいか分らずに、ただオロオロしていた。

ただ一人、落ちついて見えるのは、花八木だったが、隆志に、

「刑事でしょ！　何とかして下さいよ！」

と、つつかれて、

「今は――勤務時間外だ！」

などと言い返しているところを見ると、やはり落ちつき払っているわけではないらしい。

「邪魔する気か？　やめとけよ。痛い目にあいたくなきゃな」

と、手下の一人が、ナイフを取り出した。

「お、おい！」

と、隆志は精一杯の強気な言い方で、「ここにいるのを誰だと思う！　水戸黄門――じゃない、天下の刑事だぞ！」

「あ、本当だ」

と、手下の一人が、花八木を憶えていたらしい。「親分がやられた時に、見かけたぜ、こいつ」

「確かか？」

「ああ、こんなまずい面、一度見たら忘れねえよ」

花八木が顔を真赤にして、その手下をにらみつけた。詩織が、もしここにいたら、きっと大喜びしただろう。

しかし、当の詩織は、桜木の手を引いて庭へ下りたものの、三船の手下たちがドカドカ居間へ入って来たので、身動きすれば見付けられると思うと、逃げることもできず、庭にじっとうずくまっていた。

「――すまないね、君には迷惑ばっかりかけて」

一緒に、庭に身を伏せながら、桜木が言った。

「いいえ。どういたしまして」

実際に、どんなに迷惑をかけているか、たぶん桜木自身も全く分っていないに違いない。

「啓子さん、どこに？」

と、詩織は、声をひそめて訊いた。

「分らないんだ。ただ、君の所へ行ったら、色々分るからって……」

そりゃ、分るかもしれないけど、話をするのに、五、六時間は必要だろう。特に、こういう状況では、とても説明できない。

「じゃ、おじさんが殺したんじゃないの？」

と、詩織は、取りあえず一番気になっていることを訊いてみた。

「殺した？　誰を？」

「種田とかいうのと、三船とかいう奴」

「私が？　とんでもない！」

と、桜木は首を振った。「人殺しなんて、とてもやれないよ。そりゃ――啓子を守るためならともかくね」

「啓子さんって、すてきな人だもんね」

「そう思うかい？」

「思う！　絶対思う！」

「いや、そう言ってくれると嬉しいね」

と、桜木は相好《そうごう》を崩して、「あれは十七歳だけど、そりゃしっかりしてるんだ。さすがに、血筋っていうのかな、ものに動じない度胸の良さがあってね」

「そうでしょうね」

「しかし、あれで可愛いところがあるんだよ。料理も結構いけるんだ。君、一度あの子のビーフシチューを食べてごらん。どんな一流レストランでも負けない味だよ」

「作り方を教えてもらおう」

「それにね、子供っぽく見えるだろう？　あれでなかなか女らしく、色っぽいところもあってね……」

何のこたあない。おのろけを聞かされているのである。詩織の方は、でも結構そんな話が嫌いでない。

庭に体を伏せたまま、という、あまり快適とは言いかねる姿勢で、桜木の、「啓子讃歌」を聞いていたのである。

——一方、居間の中では、

「動くな！」

珍しく、花八木が決めている。

花八木の手には拳銃があった。

これで、三船の手下たちが、みんな手を上げて、おとなしくしているのなら、申し分なかったのだが、その手下たちの方の手にも拳銃があったのだ。

「動くな！」

「動くな！」

「銃を捨てろ！」

「銃を捨てろ！」

——何のことはない。お互いに、銃をつきつけ合ったまま、どうにも動きが取れずにいるのである。

「う、撃つぞ！」

「引金を引くぞ！」

「当ったら、痛いぞ！」

しまいには、どっちが言っているのか分らなくなって来る。

しかし、絶対的に不利なのは、明らかに花八木の方である。何といっても、相手は五人もいる！

一度に五発、別の方向へ弾丸が飛び出すような特殊な拳銃だとでもいうのならともかく、相手の方は、三人が拳銃を構えて、花八木と隆志に狙いをつけている。これでは単純に計算しても、勝ち目はない。

かくて——花八木が頑張ったのも二分間ほどのことで、結局、花八木は拳銃を捨てて、降参しちゃったのである。

「——だらしないなあ、全く！」

と、隆志がにらんだが、

「いけないいわ」

と、居合せた智子がたしなめて、「人間、誰しも生きる権利はあるのよ」

三船の手下たちは、ワッと庭の方へと殺到した。

詩織も、状況を素早く見て取ると、桜木と二人で、庭の隅へと逃げて行った。

しかし、庭といっても大邸宅じゃないのだ。たちまち隅っこへ追い詰められてしまう。

「——手こずらせやがって」

と、三船の手下の一人が、前へ出た。「おい、おとなしく、その男をこっちへ渡しな」

「いけないわ!」

詩織は、桜木をかばって、「この人をどうしても連れて行くのなら、私を殺してからにして」

「そうか。じゃ、そうしよう」

と、相手が拳銃で詩織に狙いをつけた。

詩織は焦った。口は災いのもと。つい、こんなセリフが出て来てしまったのだ。

「いけないよ」

と、桜木が、詩織をわきへ押しやって、「ここは私が死にゃすむことだ」

「でも——」

「啓子に伝えてくれないか。いつまでも愛してる、って」

詩織が、グスグスと泣き出した。

と——何だかいやにやかましい音が、近付いて来た。

「何だ? 雷か?」

と、三船の手下が空を見上げる。

バタバタ、という超特大扇風機みたいな音がして——頭上に何とヘリコプターが姿を見せたのだ！

　誰もが唖然として見上げる内に、低空で飛んでいたヘリコプターは、ぐんぐんと高度を下げ、詩織の頭上へ近付いて来た。

　もの凄い風が、庭を渦巻く。

「キャッ！」

　詩織はスカートがめくれて、声を上げた。

「桜木さん！」

　と、大きな声が頭上で響いた。

　スピーカーから流れている声は、あの竜崎幸子のものだった！

「お竜！」

「逃げるのよ！　つかまって！」

　ヘリコプターから、縄ばしごがスルスルとおりて来た。

「そこの女の子も！」

　私のこと？　――詩織は、こんな時、危いことにはつい手が出てしまう性格である。

「とびつけ！」

　桜木が怒鳴って、縄ばしごにとりついた。続いて、詩織も。

「行くよ！」

　と、竜崎幸子の声がした。

「ワッ！」

と、詩織は思わず声を上げていた。

ぐん、と体を持ち上げられる。

縄ばしごの先に、桜木と詩織の二人をぶら下げたまま、ヘリコプターは、ぐんぐん上昇し始めたのである。

27　孤島の詩織

最近の都会っ子が、運動不足で外に出たがらない、というのは事実だろう。

詩織などは、その中では比較的よく出歩く方で、散歩も嫌いでない。歩くことは何よりいい運動になるし、ダイエットにもなる。

しかし、問題は、なぜかいつも散歩のコースの中に、詩織の好きな食べものの店が含まれているということなのである。

いや、それはともかく――。

いかに散歩の好きな詩織でも、ヘリコプターの縄ばしごにぶら下ったままの「空中散歩」は、あまり好みでなかった。

竜崎幸子のヘリコプターは、ぐんぐん上昇し、桜木と詩織の二人をぶら下げたまま、飛び続けていた。

詩織は目が回りそうになって、必死で縄ばしごにしがみつき、振り落とされまいとした。

詩織は、自分の幸運を、かなり信じている方だが――他人からは「おめでたい」と言われる――ここから落ちたらたぶん生きていられないだろう、ということは分った。

もちろん、万が一、下で、キングコングを運ぶためのネットを広げていて、そこへ詩織がうまく落下する、といったことでもあれば別だが、それはもう「幸運」というより「奇跡」――いや、「ご都合主義」というものだろう……。

と――ヘリコプターが停った。

停留所かしら？　詩織は周囲を見回したが、別に乗って来る人もいなかった。

空中だから、当然のことである。

「――上って」

と、頭上から、竜崎幸子の声がした。

桜木が、

「やあ、助かったよ」

と、縄ばしごを上って行く。

あ！　ずるい！　私を置いて行くなんて！

詩織は、必死で上ろうとした。――しかし、縄ばしごというやつ、ともかくじっとしていないのである。ヘリコプターは停っていても、風が吹きゃ揺れるし、上で桜木が上って行くと、それでもグラグラ揺れる。

とてもじゃないが、上って行くどころの騒ぎじゃない。

そうこうする内、桜木はヘリコプターの中へ入りこんだようだ。

「ありがとうよ！　礼を言うぜ」

と、桜木が言っているのが、スピーカーから聞こえて来る。

「とんでもない！　桜木さんの役に立ちゃ、こんなに嬉しいことはありませんよ」

と、幸子が言った。「本当にお久しぶりで……」

「いや、達者で何よりだ」

「これも、桜木さんのおかげですよ」

「とんでもねえ。お竜が頑張ったからさ」

「でもねえ――本当に、あの頃が懐しい」

「全くだ」

「まだ私も若かったし、桜木さんも……。そういえば、あのころの彼女、どうしました？」

「うん、話せば長くなるんだが――」

詩織は、いつになったら引き上げてくれるのかと待っていたが、二人の話が長引きそうなので、頭に来て、

「ちょっと！　こっちを先にして下さいよ！」

と、怒鳴った。

「あ、ごめん、忘れてたわ」

と、幸子が豪快に笑った……。

「これ、竜崎さんのヘリコプターなんですか？」

やっと、ヘリコプターの中に無事おさまって、詩織は、少し動悸が鎮まってから訊いた。

「そう。自家用だよ」

と、幸子は肯いた。

「凄い！」

「その代り、自分じゃ操れないけどね」

と、幸子は笑って、「そんなに他人行儀にしないで、『お竜さん』と呼んでくれ」

「お竜さん。――どこへ行くんです？」

「あんた、狙われてんだろ？　しばらく身を隠した方がいいよ」

「その方がいい」

と、桜木も肯く。「ああいう手合は、しつこいからな」

「でも……」

と詩織はためらった。「隆志を残して来ちゃったから」

「ああ、あの恋人ね？」

「目の前で逃げちゃったから、きっとあの連中、怒ってるわ。腹いせに、彼を殺しているかも……。どうしよう！」

と、詩織は両手を握り合せて、「何の罪もないのに、私のせいで殺されるなんて……。可哀そうな隆志！」

ポロポロと涙が流れる。

「でも、男はね、愛する女のために死ぬのが本望なのよ」

と、幸子が言った。

「そうでしょうか?」

「そうよ。もし、それであんたのことを恨んで死ぬようなら、大した奴じゃないから、死んだって構やしないわ」

「そうですね」

詩織も、ケロッとして、「じゃ、隆志、迷わず成仏してね」

すっかり死んだことにされている。

果して、隆志は死んだのだろうか?

いや——生きていた。

詩織たちの乗ったヘリコプターが、どこへ行くのか、夜の空を飛んでいるころ、隆志たちも、乗物に乗っていた。

「たち」というのは、隆志一人でなく、花八木も一緒だったからである。

もっとも、詩織たちに比べると、大分待遇は悪かった。——車のトランクの中に、グルグル巻きに縛られて押し込まれていたのである。

やはり、詩織の想像通り、桜木を逃がして頭に来た三船の子分たちが、隆志と花八木を車のトランクに押し込んで、引き上げたのであった。

幸い、詩織の母、智子は無事だったが、それは決して「女性尊重」の結果ではなく、詩織がへ

リコプターで吊り上げられて行くのを見送って、

「とうとうあの子も昇天したわ……」

と、真面目に呟くのを見て、連中が怖気《おじけ》づいたせいだった。

「――刑事のくせに、だらしないいんだから！」

トランクの中で、花八木と体をくっつけ合って（詩織とならいいのに、と思った）、隆志はグチった。

「何を言うか」

花八木は、言い返した。「ローン・レンジャーだって、必ず一度は危機に陥るのだ」

引用が古い！

隆志は、この先どうなるんだろう、とため息をつきながら、考えた。

詩織の奴、きっと心配してるだろうな……。


「――ま、人間、死ぬときゃ死ぬのよ」

と、幸子が、言った。「ま、一杯やんな」

「どうも」

詩織は、すっかり酔っ払っている。「――男がなんだ！　隆志一人が男じゃない！」

「そう！　その調子！」

隆志が聞いていたら、ショック死するかもしれない。

「ここ、どこ?」

と、詩織は、部屋の中を見回した。

「私の別荘。——誰もここまでは追っちゃ来ないわよ」

そりゃそうだろう。海へ出て、かなり沖合へ出た島なのだ。

「この島ごと、私のものでね」

と、幸子は言った。

「へえ! いいなあ!」

と、詩織は少々回りの悪くなった口で、「私も——こんな所に住みたい!」

「だから、ここへ連れて来たのよ」

「——え?」

と、詩織は目をパチクリさせた。

「ここなら、あの連中も追っちゃ来ない。ほとぼりがさめるまで隠れてるといいよ」

「ほとぼりが……」

お湯がさめるぐらいなら、せいぜい二、三十分だろうが。

「大丈夫。当分、ここにいて大丈夫なように食料もあるし」

「当分って……。どれくらいいればいいんですか?」

「そうね。まあ、一年もいりゃ、向うも諦めるんじゃない?」

幸子の言葉に、詩織は、いっぺんに酔いがさめてしまった。

28　孤独と空腹

詩織は、ひどい頭痛で、そろそろと頭を上げた。

――目を覚ましたのは、もう十五分も前のことだが、頭痛のひどさに、身動きする気にもなれなかったのである。

これが「二日酔」というやつなんだわ、きっと、と詩織は思った。――まあ、正確に言うと十七歳だから、「未成年の飲酒」ということになるが、そこは目をつぶることにしよう……。

「どこだっけ、ここ」

と、やっと起き上って周囲を見回す。

何となく、空を飛んだような記憶がある。でも、私は鳥じゃないんだから、まさかねえ……。夢でも見たんだわ、きっと。

ママはどこへ行ったのかしら。娘がこんなひどい頭痛で寝てるっていうのに。

「あれ？」

どう見ても、自分の部屋ではない。

いくら詩織が呑気者でも、自分の部屋と、そうでない場所との区別ぐらいはつくのである。

広々とした、高級ホテルの一室を思わせる部屋だ。ベッドも、詩織でも絶対に落ちる心配のない、堂々たる大きさのダブルベッド。

もちろん、そこに寝ているのは、詩織一人だった。

「——じゃ、夢じゃなかったんだ」

と、詩織は呟いた。

竜崎幸子のヘリコプターにぶら下げられて——いや、後ではちゃんと乗せてくれたが——この島へやって来たのだ。あの桜木という男も一緒だった。

「そうだわ、一年もここにいろなんて言われて……」

とんでもない、と言ったのだが、竜崎幸子の方も酔っ払って、さっぱりらちがあかない。

諦めて、今夜はともかく寝よう、ということになったのである。

「何時かしら?」

キョロキョロ見回すと、壁にクラシックな木彫の掛時計。——何だ、まだ一時か。

「一時?」

大変だ！　こんなに寝たなんて！

「何か食べなきゃ！」

と、叫んで、詩織はベッドから飛び出したのだった。

——正にホテル並に、ちゃんと部屋にバスルームもついていて、詩織は、シャワーを浴びてスッキリすると、部屋を出た（もちろん、服を着てからである）。

「——竜崎さん。——お竜さん」

と、呼びながら、階段を降りて行く。

すると、そこへ——怪しい匂いが、いや、いい匂いが漂って来る。

詩織は、一階のダイニングキッチンへ入って、ゴクリとツバをのみ込んだ。——テーブルの上に、きちんと並んだ朝食は、我が家で毎朝お目にかかるものに比べて、三倍は豪華だった。

時間が時間だけに、朝昼兼用の食事というべきかもしれないが、詩織の食べっぷりについては、作者は、目をつぶりたいと思う。

しばらく目をつぶって開けると、そこには空の皿と器が並んでいて、果して中身が何だったのやら、想像もつかない状況になっていたのである。

「さて、と……」

それにしても、お竜さんや桜木さんはどこへ行ったのかしら？

詩織は、リビングルームへ入って行くと、広い窓から外を見た。——青い水平線が、白い光の中に溶けて行くようで、何の変化もない眺めながら、つい見とれてしまうほどの美しさ……。

ここは孤島だったんだわ、と詩織は改めて思った。一人でこんな所にいたら、退屈だろうなあ……。

「お竜さん。——どこですか」

もしかしたら、まだ眠ってるのかも。

詩織は、リビングルームを出ようとして、ふとテーブルの上に目をやった。

一本のビデオテープが置いてあり、その上にメモが一枚〈伝言〉と書かれている。

「伝言って——何も書いてないじゃない」

このビデオは？　何かしら？

大きなサイズのＴＶがデンと置かれていて、その上にビデオデッキがのっている。詩織はスイッチを入れ、カセットを押し込んだ。

「プレイボタン、と」

ＴＶの画面が、ちょっとチラついたと思うと、

「やあ！　おはよう！」

と、いきなり、画面一杯に竜崎幸子の顔が出て来たので、詩織は仰天した。

「ああ、びっくりした！　いきなり出て来ないで下さいよ」

と、ＴＶに向って文句を言う。

「もう起きてる？　起きてなきゃ、これを見ないわよね、ワッハハハ！」

ビデオのカメラに向って、よくあんな風に笑えるもんね、と詩織は妙なことに感心している。

「私は仕事があるんでね、ヘリコプターで出勤するわ。ま、あんたはここでのんびりしててちょうだい。食べる物、冷蔵庫と冷凍庫にどっさり入ってるし、缶詰は地下に山ほどあるから、好きに食べて。——それから、桜木さんは、あんたみたいに可愛い子と二人きりじゃ、ついフラフラッと妙な気になるかもしれないって心配して、私と一緒に行くって。だから、あんたはＴＶでも見て、ゆっくり静養してね。——さて、そろそろ出かけなきゃ。じゃ、一週間したら、また来る

からね。バイバイ」

詩織もつい、

「バイバイ」

と、手を振っていたが……。「——一週間?」

一週間も、ここに一人でいるの?

「冗談じゃないわよ!」

どこかに電話ぐらいあるはずだ。でなきゃ、伝書鳩とか(?)。

しかし、あわててこの別荘中をかけ回って捜しても、電話はついに見当らなかった。

疲れ果てて、詩織はリビングのソファにのびてしまった。

「——参ったな!」

ここに一週間!——隆志や、母はどう思うだろう?

きっと心配で心配で、泣きあかしているに違いない……。


成屋家では、そのころ——。

「おい、詩織は?」

と、成屋が昼食のスパゲッティを食べながら、訊いた。

「詩織ですか。あの子は、ちょっと出かけてます」

と、母親の智子がTVを見ながら、答える。

「ふーん。ゆうべ何だか騒ぎがあったじゃないか」

「ええ。でも、空を飛んで行ったから、大丈夫でしょ」

「そうか。——空を、ね」

成屋は肯くと、ふと考え込んで、「うむ、空を飛ぶ少女か。これは悪くないイメージだな」

「まあ、可哀そう。あの子、一体これからどうなるのかしら」

と、智子が両手を握り合せた。

「詩織のことか?」

「違いますよ。このドラマの主人公。両親とはぐれて、戦乱の中を、逃げ回ってるんですよ
……」

「そうか。——可哀そうにな」

二人は、しみじみと肯き合ったのだった。


一方、しみじみと肯き合ってはいない二人もいた。

「腹が減ったぞ!」

と、怒鳴っているのは、花八木刑事。

「その声が、空きっ腹に響くんですよ」

と、文句を言っているのは隆志である。

「黙っていれば、食い物が来るとでもいうのか」

「大声出しゃ、持って来てくれるとでも言うんですか！　デパートの食堂じゃあるまいし」

二人は手足を縛られて、どこやらの倉庫みたいな所に放り込まれていたのである。

もちろん、隆志は、詩織のことも、気にはしていた。しかし、詩織を守るにも助けるにも、まず、自分が無事に解放されなくてはならない。そのためには、生きていなくてはならない。そのためには何か食べなくてはならない。

こういう極めて論理的な思考に立って、隆志も、花八木と一緒になって、

「食いものをくれ！」

と、怒鳴り出したのである……。

29 悲惨な食卓

「食いものをよこせ！」

「貧しい者にパンを！」

——別にデモのスローガンではない。

花八木と隆志の二人、腹が減って、放っておかれているので、さっきからわめいているのである。

隆志が、「貧しい者——」なんて言い出したのは、ちょうど世界史で、フランス革命をやっていたせいかもしれない。まあ、こんな所で真面目さを強調しても、点が上るわけじゃないのだが。

「何か食べるもの……」

「よこせ……」

二人の声は、急速に衰えを見せて行った。ただでさえ空腹なのに、大声を出し続けたので、あんまり腹が空いて、目が回って来たのである。

ダイエットには、大声を出すのがいい、と隆志は悟った。

「——連中は、俺たちを飢え死にさせる気かもしれん」

と、花八木が言った。

「まさか」

と言いながら、隆志の顔から血の気がひいた。

「じゃ——もしそうだったら？」

「やむを得ん」

と、花八木は、じっと目を閉じ、「ここは一つ、覚悟を決めるしかない」

「覚悟を……」

「そうだ。お前の墓には、十年に一回ぐらい、花を供えてやる」

「誰が？」

「私が、だ」

「でも、何で僕だけ死ぬの？」

「ここは、二人とも死ぬか、一人だけでも助かるか、選ばねばならん。辛い選択だが、ここはお前が死ぬんだ」

「僕が死んで、何であんたが助かるの？」

隆志はゾッとした。——こいつ、僕を食料にして生きのびる気だ！

「畜生、誰が！　こっちが殺してやる！」

「やるか！」

二人は、激しくわたり合った。といっても、両手両足、縛られているから、縛られたままの両足で、互いにけとばし合ったのである。

「こいつ！」

「エイッ！」

「観念しろ！」

「やなこった！」

——あまり男らしいとは言いかねる格闘をしていると、

「おい、何してるんだ」

いつの間にか、ドアが開いて、三船の手下の一人が、呆れ顔で突っ立っていた。

「飯か？」

と、花八木が訊く。

「何か食いたいか。よし。じゃ、一人ずつだ」

三船の手下は、花八木の方を先に引っ張って立たせると、足の縄を解いて、「来い」

と、ドアの外へ押し出した。

「ねえ！　僕は？」

隆志が悲痛な叫びを上げた。

「待ってろ。次だ」

「そうだ。待ってろ」

と、花八木がニヤつきながら言った。

隆志は頭に来た。しかし、今は怒ったところで仕方ない。どうせ花八木のことだ、何を食わしてくれるのか知らないが、アッという間に平らげてしまうだろう。それならきっと、すぐに戻って来て、こっちの番になる。

隆志は、一秒が一時間にも思える気持で（少しオーバーかな）、花八木の戻るのを、待ち続けた……。

「もう食べるのにも飽きたなあ」

と、詩織は言った。

隆志が聞いていなくて良かった。もし、空腹で死にそうな隆志がこれを聞いたら、二人の仲は終っていただろう。いや、悲惨な殺人という結末になったかもしれない……。

だが、ここは絶海の孤島。いくら詩織が大声で叫んでも、隆志の耳に入る心配は、全くない。

詩織は、屋敷から外へ出て、この小さな島を歩いてみた。

もちろん、どこにも空港もなく、タクシー乗場もなかった。

「泳いで行くにゃ遠すぎるしねえ……」

詩織は、首を振った。

「――さて、帰るか。しょうがない」

一人しかいないのでは、一人でしゃべっている他はない。

屋敷の方へ歩きかけた詩織は、コトン、という音で、足を止めた。

何かしら？　――あの岩の向うだわ。
歩いて行ってみて、目を丸くした。
ボートだ！　モーターのついた、小さなボートが、岩の陰につないであった。
「やった！」
これで帰れる！
詩織は、ヤッホー、と声を上げて、早速ボートへ乗り込んだが……。
「これ、どうやったら、動くの？」
と、呟いた。「これで動くんでしょ」
モーターにさわって、詩織はびっくりした。暖いのだ。
つまり、これに乗って、誰かがここへ来たということか……。
敵か、それとも味方か。
詩織は油断なく、ボートをおりると、手近なところで、手ごろな石を拾い上げた。
「来るなら来い……」
何が来るか知らないけど。まあ、間違ってもパンダやコアラは来ないだろう。
屋敷の方へと、ゆっくり左右を見回しながら戻って行く。
しかし、あのボートでここへ来て、どこへ隠れているのだろう？
もしかして――屋敷の中？
詩織は足を速めて、屋敷へと戻って行った……。

案に相違して、花八木はなかなか戻って来なかった。

隆志は、もう目もかすみ、意識も薄れて来るようで……。

「詩織……。君を食べたい……。君は可愛いよ。――まるで大盛りのラーメンみたいだ」

などと呟いていた。

すると――。

バアン、と凄い音がして、隆志は飛び上りそうになった。といっても手足が縛られていては飛び上れないけど。

銃声だ！　何があったのだろう？　そこへ、また――バアン。

都合、三回の銃声が聞こえて、静かになった。隆志は、じっと息を殺していた。

もちろん、誰かが助けに来てくれたのかもしれないが、逆に殺しに来たのかもしれない。

何しろ、この場合、「敵の敵は味方」っていうほど単純じゃないのだから。

と、足音がドアの前に来て、止った。

ドアが開くと、そこには……。

「まだ生きてたのか」

と、花八木が立っていた。

「何だ！　縄は解けたの？　じゃ、早く、僕のも」

「うむ」

花八木は、珍しく素直に隆志の縄を解いてやった。

「ねえ、何か食べた?」

「うむ。――カップラーメンがテーブルの上にある」

「カップラーメン!」

一万円払ってもいい、と思った。もちろん払いっこないが、気持の上では、ということである。

銃声の方も気にはなったが、今はともかく食べものだ。

廊下をよろけつつ進んで行くと、突き当りのドアが開いていて、正面に、テーブルと、それにのったカップラーメンが目に入った。

「あれが……?」

「三分はたっている」

と、花八木が肯く。

ワーッ。隆志は真直ぐに駆けて行って、カップラーメンに飛びついた。

アッという間に――という表現が、リアルに思えるほどのスピードで、隆志はカップラーメンを一つ、空にした。

もちろん、満腹じゃないが、差し当り、死ぬほどの空腹からは逃れられたのだ。

「――よく食べられるな」

「そりゃお腹空いてたからね」

「いや、こんな状態の中でだ」

と、花八木が言った。

隆志は、周囲を見回した。

――大して広い部屋ではない。そこで、三船の手下らしいのが三人。

みんな、撃たれたと見えて、血に染って倒れていたのだ。

隆志は、目を回して、その場に失神した……。

30 詩織、海へ

「ええと……失礼します」

詩織の育ちの良さは、こういうところにもあらわれている。

つまり、誰が潜んでいるかも分らない別荘の中へ入って行く時でも、つい、こうやって声をかけてしまうのである。

やっぱり私は「お嬢様」なんだわ、と詩織は感心していた。――隆志とじゃつり合わないかしら？

今は、そんなこと考えてる場合じゃないでしょ！

そう。――誰かがボートでやって来て、この中に潜んでいるかもしれないのだ。手の中の石を握りしめる。

もし、誰かが来たとして、まずどこに行くだろう？　やっぱりトイレだろうか？

と――頭上で、バタン、と何か倒れる音がした。

二階にいる！　詩織は、石を握りしめて、逃げ出そうかと思った。しかし、ここを出たって、島から外へ出られるわけじゃないのだ。

こうなったら、誰がいるのか、覚悟を決めて確かめるしかない。

二階、二階、と……。

階段を上って行く。——さっき音がしたのは、どの辺りだったろう?

自分の家ならともかく、居間の上はどの辺か、といったことは、他人の家では分らないものである。

「ええと……しょうがないや。片っ端から——」

詩織としては珍しい大胆さで、次々に部屋のドアを開けて行く。

ここもいない。——ここも空。——ここは一人しかいない……。ん? 一人?

パッと、もう一度ドアを開ける。

「あ!」

詩織は思わず声を上げた。——そこに立っていたのは、あのキザで固めたようないでたちの、緑小路金太郎だったのである。

「金太郎……さん!」

詩織は、引きつったような笑顔を見せた。「どうも! ——珍しい所でお会いしますねえ」

が、金太郎は何も言わなかった。やや青ざめた顔で、じっと詩織を見つめながら、ゆっくりと歩いて来た。

「あ、あの——お一人ですか?」

と言って、詩織は、やばい、と思った。

孤島に二人きり。しかも詩織の魅力（当人がそう思っている）を考えれば、金太郎が妙な気を起しても当然というものである。

「待って下さい！　金太郎さん、落ちついて！　私には隆志という将来を誓った人が――」

なに、誓ってなんかいやしないのだが、そこは方便というものだ。「ね、ですからだめなんです。そりゃまあ……どうしてもってことなら、頰っぺたにキスするぐらいでしたら……！」

金太郎が、ゆっくりと詩織の方へのしかかって来た。

「キャッ！」

詩織は叫び声を上げて、後ずさり、つまずいて尻もちをついた。

と――金太郎がドサッと床へ突っ伏してしまった。

詩織は、目をパチクリさせた。

「金太郎……さん」

体を起して、詩織は目をみはった。金太郎の背中には、ナイフが深々と刺さっていたのである。

「あ……あの……あの……」

死んでる？　――詩織は愕然とした。

背中にナイフが、ということは、誰かに刺された、ということだ。

自殺するのに、わざわざ後ろへ手を回して自分の背中を刺すというのは、どう考えてもよほどの物好きであろう。

ということは――こんな時でも、詩織の明晰な頭脳は、論理的な結論を出していた――刺した人間がいる！

「助けて！　誰か！」

詩織は飛び上るように立って、階段を駆け下りて行った。


「これで何人殺されたんだろう？」

と、隆志は言った。

「数学は苦手だ」

と、花八木が首を振った。

「別に、数学ってほどのもんじゃないでしょう」

「お前は、死体の転っている所でカップラーメンを食い、かつ失神して倒れていたのだ。威張るな」

「威張っちゃいませんよ」

警察の人間がワイワイやって来て、三船の子分たちの死体を運び出す。

「花八木さん、見てたんでしょ、犯人を？」

と、隆志が訊く。

「見たと言えば見たが、見ないと言えば見ない」

と、花八木はやたら哲学的なことを言い始めた。

「どっちなんですか」

「うむ。——ここで食事をしていると、あの連中の一人が、飛び込んで来たのだ。そして、『危い！　奴らが——』と言った瞬間、銃声がして、バタッと倒れた」

「それで？」

「私は決して臆病者ではない」

と、花八木は強調した。「しかし、危険な時には身を隠す。これは賢者の知恵というものだ」

「要するに、机の下へ隠れたんですね」

「早く言えばそうだ。——続けて銃声がしたと思うと、他の二人もバタバタと倒れた。凄い迫力だった！　映画じゃよくあるが、本物を目の前で見るのは、やはり段違いの——」

「そんなことといいけど、じゃ、犯人の姿は見なかったんですか」

「一部分は見た」

「一部分？」

「靴の先が見えた。あれはなかなかいい靴だった。サイズはたぶん二六ぐらい……」

こりゃだめだ。——隆志は首を振って、

「詩織たち、どうしたのかなあ。僕はそれが気になりますよ」

「もちろんだ。では行ってみるか」

「詩織の家へ？」

「お竜の所だ。あいつ、ヘリコプターなど使いおって！」

と、花八木は怒っている。

「いいじゃないですか、自分のなんだから」

「この私を、なぜ乗せて行かなかったのだ?」

と、花八木はふてくされるのだった。


さて、一方、詩織は別荘から逃げ出したものの、小さな島である。どこへ逃げると言っても……。


「そうだわ!」

ボートがあった。あれを使おう。

どうやれば動くのか、よく分らないが、ここで殺人犯が追って来るのをぼんやりと待っているよりいいだろう。

さっきの岩陰に駆けて行ってみると、ボートはちゃんとそこにあった。

こわごわ乗り込み、手で岩をえいっと押すと、ボートは波に乗って、上下に揺れながら岩から離れた。

「きっと、これを引っ張るんだわ」

エンジンについている紐を、思い切りぐいと引くと、ブルル、と音を立て、エンジンがみごとにかかった。

「やった!」

私の腕も捨てたもんじゃないわ、などと感心していると、突然、ブオーッと音をたててボートが走り出した。

「キャッ！」

詩織はボートの中で引っくり返ってしまった。

「ちょ、ちょっと！　——あのね、そんなにあわてないで！　落ちついてよ！」

そんなことを言ってもボートが聞くはずもない。激しく右へ左へとカーブしながら、ボートは海面を走り出した。

「ええと——舵、舵——」

これだ。——舵を両手でつかんで、エイッと真直ぐにすると、ボートは一直線に走り出した。

「これでいいんだわ」

詩織はホッとした。やってみりゃ、結構簡単じゃないの。

海は穏やかで、天気はいいし、なかなかいいドライブ（？）日和だった。

詩織も鼻歌など歌って、いい気分……。

問題はただ一つ。——詩織は気が付いていなかったが、ボートは陸地と反対の方向へと走っていたのである。

31　詩織の帰島

今度は、花八木も迷わず、竜崎幸子の事務所に直通のエレベーターに乗ろうとした。

「あの――」

と、受付嬢が呼び止める。「どちら様でいらっしゃいますか」

「こちら様だ」

と、花八木は、警察手帳を見せた。

「では、お取り次ぎいたしますが――」

「必要ない！」

花八木はエレベーターの扉が開いていたので、隆志と一緒にさっさと乗り込んだ。

「あの――」

と、受付嬢が言いかけた時には、すでに扉が閉じ、エレベーターが上りはじめていた。

「困ったわ……」

と、呟いていると、作業服を着た男がやって来た。

「おい、誰だい、エレベーターを動かしたのは？」

「止める間もなく、乗っちゃったんです」

と、受付嬢が弁解する。

「困るなあ。〈故障中〉って札が目に入らねえのかな」

ゴトン、という音が聞こえて、エレベーターが動いていることを示す矢印の明りが消えた。

「見ろ！　途中で停っちまった」

「どうしましょ？」

「しょうがねえな。何人乗ってる？」

「二人です」

「二人か。――ま、そうすぐにゃ死なねえだろう」

と、その男はのんびりと言った。「少し冷汗をかくのも、ためになるぜ。この次からは少し用心してエレベーターに乗るようになるだろうしな」

「だけど――」

「ちょっと昼飯を食ってくらあ。帰ってから修理するよ」

作業服の男は、さっさと行ってしまった。

「だけど……大丈夫なのかしら？」

と、受付嬢が困っていると、

「どうしたの？」

と、やって来たのは、当のお竜である。「受付が空よ」

「あ、すみません」

「お客様がみえたら困るでしょ。ちゃんと座ってて」

「はい」

「あら、故障してんのね」

と、お竜――竜崎幸子はエレベーターを見て、「じゃ向うのを使うわ」

「あの、実は――」

受付嬢が言いかけるのなど、耳にも入らない様子で、竜崎幸子は、忙しげに他のエレベーターの方へ歩いて行ってしまった。

受付嬢は、故障して、途中で停ってしまっているエレベーターの方を見て、少し迷っていたが、

「私が直せるわけじゃないんだし」

と、自分に言い聞かせるように言って、ヒョイと肩をすくめると、受付の方へ戻って行った。

ちょうど、幸子の子会社の社長がやって来たところで、

「あ、いらっしゃいませ！」

と、受付嬢は足を速めた。

エレベーターの中の二人のことは、きれいに頭の中から消えてしまっていた……。


船旅っていうのもいいもんね。

詩織は、モーターボートの快適なエンジン音を聞きながら、波の上下につれて、ゆったりと持

ち上げられる、その独得の快感を味わっていた。

潮風は快く、陽ざしもそう強くはなかった。

「今度はクイーン・エリザベス号に乗ろうかしら」

と、大分スケールの違う「船旅」のことを考えている。

でも——何てことだろう。こうして呑気にしているが（当人のせいというよりは、作者のせいだが）、考えてみれば恐ろしい事件である。

種田に始まって、三船和也、そして緑小路金太郎……。次々に殺されてしまった。

一体誰がやったのか？

緑小路の場合は、あの島の中に犯人がいたはずである。もちろん、詩織もいたわけだが、いくらぼんやりしていることの多い詩織でも、人を刺したことを忘れているわけがない。

となると、犯人があの島にいるということになる。このボートでやって来て……。

待てよ。——詩織は考えた。

テストの時ぐらいしか、こんなに真剣に考えることはない。

このボートで、犯人が来たとすれば、あの金太郎は、どうやって島へ来たのか？

熊にまたがって？　それじゃ花八木みたいな答えだ！

「そうだわ。緑小路が、このボートでやって来たのかもしれない」

すると、犯人は？

一応、詩織は、目を覚ました時、あの別荘の中を、誰かいないかと捜し回っている。その時は、誰もいないように見えたのだが……。

ヘリコプターで来たとすれば、凄い音がしただろうから、いくら詩織でも、それと分ったに違いない。

すると……。あの別荘のどこかに、隠れ場所があるのかもしれない。

隠れ場所? ——隠れる。啓子さんが?

もしかすると、啓子が、あそこに隠れているのかもしれない。

「そうだわ、やはり、警察の手に引き渡す前に、会って事情を聞くべきだわ」

と、公平な精神の持主の詩織は、考えたのだった。

やむを得ない事情がある、と分ったら、啓子をこのボートでアメリカへでも逃がして(!)後は詩織が引き受ける。——これはなかなかドラマチックなパターンである。

詩織は、警官隊に取り囲まれて、機関銃を撃ちまくりながら、あえない最期をとげる、こんなシーンを想像して、ぐっと胸が迫り、涙ぐんだ。

「私一人が犠牲になれば、みんなが幸せなんだわ。啓子さんも花子ちゃんも、桜木さんも、隆志も……。隆志が何で幸せなのよ! 冗談じゃないわ! 隆志一人を幸せにして、どうして私が死ななきゃならないの? とんでもないわ!」

と、勝手に腹を立てて、「そうだわ。代りに隆志に死んでもらえばいいんだわ。私の服を着せて、変装させて」

めちゃくちゃである。

詩織は決心した。――島へ戻るのだ！

詩織の決心は、しばしば唐突なのである。

ボートの向きを変えて、詩織は島へ戻ろうと……。

「あら」

――島がない！「ど、どこへ逃げたのよ！　ずるい！　そんな卑怯な！」

要するに、方向も分らず、めちゃくちゃに走って来たので、島がずっと横の方向になっていたのだ。

しかし、詩織もかなり幸運な人間らしく、いい加減に右、左とボートを走らせていると、その内、島の姿が、目に入った。

「やった！」

と、詩織は小躍りして、天に感謝した。

ボートはやがて島に近付いて行ったが……。

「どうやって止めるの？」

と、呟いた時、もう島は目の前だった。

このままじゃ衝突する！　岩が、正面に迫って来た。

「キャーッ！　あっちに行って！」

と、詩織は頭をかかえた。

こういう場合、あまり適切な対応とは言えなかったのだが――。

ドカン。ボートはもろに岩にぶつかり、詩織は、哀れ海中に没して、この物語が終ると、やはり作者としても気がとがめる。

詩織は、ボートが岩に乗り上げた弾みで、投げ出され、頭から海の中へと突っ込んだ。

——やっとこ這い上ると、詩織は、助けに来てくれない隆志を恨みながら（隆志の方も迷惑だろうが）、よろよろと、別荘へと歩いて行った。

「——失礼します」

と、中へ入って、肩で息をつきながら、「まず着替えだわ」

と、階段を上ろうとすると、

「ワー」

と、声がした。

「ん？」

今のは……赤ん坊の声！

詩織は、声がしたらしい方向——台所の方へと歩いて行った。

32 大団円

海に落ちて、びしょ濡れになった詩織は、そのままの格好で、別荘の台所へと入って行った。

「――会えて嬉しいわ。ほら、ママのおっぱいを飲んでね」

と、赤ん坊に乳を含ませているのは……。

「啓子さん」

と、詩織は言った。

「あら、詩織さん」

と、啓子は、さしてびっくりした様子でもなく、「お元気?」

「ええ、まあ……。その子、花子ちゃん?」

「そうなの。ずっとここで預かっててくれたんですって。良かったわ。少し太ったみたい」

と、啓子はニコニコしている。

「あの……啓子さん。いつここへ?」

「さっきよ。金太郎さんと二人でここへ来たの」

「あのボートで?」

「そう。金太郎さんがね、ここに花子がいるっていうことを突き止めてくれて」

「そう……。でも、金太郎さんは——」

二階で、刺されて死んでいるのだ。

「死体を見たの？」

と、啓子がアッサリと訊いた。

「知ってたの？　刺し殺されたのを」

「ええ。だって、私がやらせたんだから」

啓子は、花子がやっと満足した様子なのを見て、「さ、眠るのよ——いい子ね」

と、揺すった。

「啓子さん……」

「少し待って。この子が眠るまで」

詩織は、椅子にそっと座った。——啓子は、しばらく花子を抱いて軽く揺すっていたが、

「もう寝たわ、大丈夫」

と、自分も椅子にかけて、「色々ごめんなさい、あなたを変なことに巻き込んじゃって」

「いえ……。どういたしまして」

と、詩織は言った。「——でも、一体どういうことなの？」

「金太郎さんが死んで、これで私の役目も終ったわ。あなたには、ちゃんと説明しなくちゃね」

啓子は、あどけない顔で眠っている花子を見て、微笑みながら、「実はね、この子の父親は桜

木じゃないの」

と、言った。

「桜木さんの子にしちゃ、可愛過ぎるとは思ってたけど」

「そうね」

啓子はニッコリ笑って、「父親はね、高校の先輩で、とても真面目な人——もちろん、ヤクザじゃない堅気の人なの。私たち、二人で、新しい生活を始めようって、九州を逃げ出したんだけど……。父は子分たちを使って私たちを捜し出したわ。そして私は連れ戻され、彼は殺されたの」

「ひどい！」

「父の所へ帰った時、私はこの子を身ごもっていて、彼が殺されたのを知ったわ。——必ず仕返ししてやる、と誓ったのよ。ただ、この子が無事に生れて、動けるようになるまでは、じっと我慢していたの」

啓子は、ちょっと息をついた。「そこへ、父の急死。——いいチャンスだと思ったわ。九州にいては、父の腹心で、私を連れ戻したり、彼を殺したりした人間たちに復讐できない。何しろ、子分たちに囲まれてるから。だから家を出て、東京へ来たのよ。桜木が、私について来てくれたわ」

「その相手が——種田とか……」

「三船、そして緑小路金太郎」

「あの人も?」

「私と結婚しようと狙ってたから。私の恋人を殺したのは、あの金太郎なのよ」

「何てひどい奴!」

そうと知ってりゃ、けっとばしてやるんだったわ、と詩織は思った。もちろん、死んでるところを、だ。

「じゃ、啓子さん、その三人を殺したのは、桜木さんなの?」

「いいえ。桜木さんは、ここで待ち構えていて、金太郎を殺しただけ。ここ、地下室があるのよ」

「じゃ、他の二人を殺したのは?」

「もう一人、私に同情してくれていた人がいるの。九州にいた時にね。私と彼が駆け落ちした時も、見送ってくれて……。その人、娘さんを小さい内に亡くして、私のこと、自分の娘のような気がしたんですって」

「誰なの、それ?」

と、詩織が言った時だった。

「――金太郎さん!」

啓子が、台所の入口に目をやって、息をのんだ。振り向いた詩織も仰天した。さっき刺されて死んでいた金太郎が立っている!

「桜木の奴は、人殺しにゃ向かないね」

と、金太郎はニヤリと笑った。「刺されたふりをして初めから倒れてたら、すっかり信じてあわてちまってさ」

「じゃ、桜木さんを――」

「安らかに眠りについてるよ」

金太郎は、半分しか刃のないナイフをポンと投げ捨てた。「君も、諦めて僕の妻になるんだね。それとも、ここでその赤ん坊を殺されたいかい？」

「やめて！」

青ざめた啓子は、しっかりと花子を抱きかかえ、立ち上って、後ずさった。

「ちょっとあんた！」

と、詩織は怒りに恐ろしさを忘れて、「この人でなし！　私が許さないからね！」

「そうかい」

金太郎が拳銃を取り出す。「さっきは、びっくりさせて追っ払ってやったのに。君はここで死ぬことになる」

詩織の頭に血が上る。カーッとなって、

「やれるもんならやってごらん！」

と、怒鳴っていた。

「やめて金太郎さん！　その人には関係ないことだわ！」

金太郎がチラッと啓子の方を見る。詩織がパッと飛び出した。金太郎の手にかみつこうとして

――。そして、銃声が台所の空気を震わせた。

エレベーターの故障が直って、やっと一階に下りて来た隆志と花八木は、暑さでフラフラになりながら、エレベーターから出て来た。

「――お疲れさん」

と、目の前に立っていたのは……。

「詩織！　無事だったのか！」

と、隆志は目を見開いて、言った。

「ええ、ほら、啓子さんも」

花子を抱いた啓子が、ロビーをやって来る。そして、隆志は信じられない思いで、啓子が、花八木の胸に、顔を埋めるのを見ていた。

「種田が殺された時も、三船が殺された時も、花八木さんがそばにいたのよね」

と、詩織が肯いた。「私としたことが、そんなことに気が付かないなんて！」

「じゃ……このおっさんが？」

三船の子分たちをやっつけたのも、花八木だったのか！

「全部、終りました」

と、啓子が言うと、花八木は、

「そうか、そりゃ良かった」

と、肯いた。「最後に立ち会うつもりが、このヘボエレベーターに閉じこめられてしまってな……」

「桜木さんは死にました。金太郎にやられて。でも、詩織さんが金太郎をやっつけてくれたの」

花八木は詩織を見てニヤリと笑うと、

「ほう。見かけによらず、やるな」

「お互い様よ」

と、詩織は言ってやった。


「――じゃ、あの刑事が！　信じらんないよ」

隆志は、目を丸くしている。

「ま、少々抜けてるのは事実としても、人は悪くなかったのよ。――ママ、お代り」

あの島で、ずいぶん食べてきた割には、成屋家での詩織の夕食は、いつものペースだった。

「赤ちゃんはずっとそのお竜さんって人がみていたのね？」

と、母親の智子が言った。

「桜木さんが心配して連れて行ったのよ。種田や三船や金太郎が見つけたら、大変だから」

「でも、詩織、その金太郎っての。やっつけちゃったんでしょう？」

と、一緒に食卓についているのは添子である。

「ワッと飛びついたら、向うがびっくりして、銃口を下に向けて引金引いちゃったのよ。で、自分の足を撃って……」

「逃げ出して海に落ちて溺死か。悪いことはできないよな」

と、隆志が言った。

「そうよ。隆志も気を付けて」

「どうして俺が?」

「じゃ、あの桜木って人が地下街で詩織を人質にして騒ぎを起こしたのも、わざとだったの?」

と、添子が訊く。

「そう。種田や三船たちが、それを見付けてやって来ると分ってたから。花八木さんが、口をきいて桜木さんはすぐ釈放になってたのよ」

「しかし、たまたまお前を人質にしたばっかりに騒ぎはどんどん大きくなっちまったな」

「失礼ね」

と、詩織は隆志をにらんだ。「桜木さんは私のお節介を見込んで、啓子さんをわざと一旦引き取るようにさせたのよ」

その見込みは間違ってなかった、と隆志は思った。

「でも、何でそんなことしたんだ?」

「啓子さんの身の安全を考えたのよ。種田や三船たちが、直接啓子さんを探すのじゃなくて、私の所へやって来るように仕向けたんだわ」

「じゃ、代りにお前や俺を危い目にあわせてたわけじゃないか」

「そのために！」

と、詩織が力強く言った。「あの花八木刑事がしつこくつきまとってたんじゃないの」

「あ、そうか。するとあの刑事、お前を見張ってりゃ、お前も安全だし――」

「種田や三船が現われるってことも分ってたのよ」

「なるほどね」

と、添子が肯いた。「でも、あの刑事も相手が詩織じゃ、大変だったわね」

「どういう意味よ？」

「ま、気にすんなよ」

と、隆志は詩織の肩を叩いた。

「でもあの啓子って子、どこに隠れてたの？」

「そりゃ、花八木刑事だって、東京に来て、どこかに泊ってたわけだから……」

「あ、そこにいたのか！」

「結局、俺たち、知らない内に手伝いをやらされてたんだな」

「いいじゃない。私、後悔してないわ」

と、詩織は言った。

「そりゃ、お前はね、車のトランクにも放り込まれなかったし……」

「ブツブツ言わないの」

と、詩織はポンと隆志の肩を叩いた。

「ま、あの花八木ってのも、命がけで、必死だったんだろうな」

隆志は自分を慰めるように言った。

「でも——あの花八木ってのも、いいとこあるじゃない。自分が一手に罪を引き受けて」

と、添子が言う。

「啓子さんと花子さんが幸せになれば、それで満足みたいよ」

そうと分ってりゃ、もうちょっと優しくしてやるんだった、なんて詩織は考えていた。

「花八木刑事もセンチメンタルだったんだ。お前といい勝負かもしれないな」

と、隆志は言った。

「うむ。その刑事は、いい詩のテーマになる」

と、成屋は構想を練っている。

——まあ、かくて大変な経験だったが、詩織はこの事件で、人間的にも成長し……。

「ママ、どうして、私のお皿には肉が少ないの?」

——成長したのだろうか?

本書は、二〇〇〇年七月に小社より
刊行された同名作品の新装版です。

双葉文庫

あ-04-50

本日《ほんじつ》もセンチメンタル〈新装版〉

2019年12月15日　第1刷発行

【著者】
赤川次郎
あかがわじろう

【発行者】
箕浦克史

【発行所】
株式会社双葉社
〒162-8540 東京都新宿区東五軒町3番28号
［電話］03-5261-4818(営業)　03-5261-4831(編集)
www.futabasha.co.jp
(双葉社の書籍・コミックが買えます)

【印刷所】
大日本印刷株式会社

【製本所】
大日本印刷株式会社

【CTP】
株式会社ビーワークス

【表紙・扉絵】南伸坊
【フォーマット・デザイン】日下潤一
【フォーマットデジタル印字】恒和プロセス

ISBN978-4-575-52295-2 C0193
Printed in Japan